mare

Arezu
Weitholz

Hotel
Paraíso

Roman

mare

1. Auflage 2024

Typografie Iris Farnschläder, mareverlag
Schrift Quadraat
Druck und Bindung CPI books GmbH, Germany
ISBN 978-3-86648-744-4

MIX
Papier | Fördert gute Waldnutzung
FSC® C083411
FSC www.fsc.org

www.mare.de

Tread softly, because you tread on my dreams.

W. B. Yeats

Windflüchter gibt es nicht, der Wind bläst
aus allen Richtungen.
Es ist leicht, hier zu vergessen, wer man war.

Aus dem Notizbuch

Früher oder später fragt jeder, der meine Geschichte hört, ob ich irgendwann meine leiblichen Eltern gefunden habe. Ja, habe ich. Ob ich sie getroffen habe? Ja, auch. Wie das war, wollen die Leute immer wissen. Es tut nichts zur Sache, sage ich dann. Ich kann nichts Haftbares über sie sagen. Meine Unheimlichkeit ist nicht meine Herkunft, auch wenn das einen prima Dorfroman abgeben würde. Meine Unheimlichkeit sind Sie: andere Menschen.

Eins noch. Alles ist wahr. Nichts davon ist genau so geschehen. Suchen Sie sich was aus.

João redet in einem fort. Ich weiß jetzt, wie die Kaffeemaschine funktioniert, wie man ohne Schlüssel das Tor zur Personalküche öffnet und wie man zu den Kühlschränken findet, die so groß sind wie begehbare Kleiderschränke. Ich weiß, wo Kartoffeln, Möhren und Haferflocken lagern, wie man mit einem Fausthieb den Strom in der Hauptküche abschaltet und wie der Ofen angeht. Ich weiß, wo die Zimmerschlüssel sind, kenne die Zahlenkombination für die Tore (1982), den Spazierweg einmal ums Haus, den Garten und die Tennisplätze, ich könnte rein theoretisch sogar die Sauna im Spa-Gebäude anschalten, aber ich werde ganz sicher nicht in die Sauna gehen, solange ich hier bin. Ich bin doch nicht bekloppt.

Ich weiß, wo Anzünder liegen und das Reserveholz, wie man in die Wäschekammer kommt und wie die Waschmaschine funktioniert. Ich weiß, wo der Sommelier die guten Flaschen hingestellt hat, die ich trinken darf, und auch, wo er ein paar hervorragende für uns gebunkert hat, denn bald ist Weihnachten, und Jonas kommt. Ich weiß, dass der Aldi im nächsten Ort billiger ist als der Supermarkt hier ums Eck. Ich weiß, wo ich das Strandgut stapeln soll: am Rand des Gartens vor dem linken Tor. Ich weiß, wo sich das Futter für die beiden Liebesvögel befindet, die abends immer zugedeckt werden müssen. Sie sind der Talisman des Hotels. Man nennt sie auch »die Unzertrennlichen«. Sie brauchen zehn Stunden Schlaf, nagen gern an Rosmarinzweigen, und wenn einer stirbt, stirbt auch der andere. Die Hotelgäste mögen den Gedanken an die Treue zweier Wesen zueinander, auch wenn es nur Vögel sind.

Was ich auch weiß, ist, dass wir uns ein bisschen beeilen müssen, denn gleich geht die Sonne unter. Hinter uns knallt die rote Tür zu.

»Hier liegt der Schlüssel zur Feuertür, und da geht es raus in den Garten«, sagt João.

Im Lichthof des Personalbereichs wächst eine gewaltige Kastanie in den Himmel. Bänke und Tische stehen halb im Freien. Ich werfe der roten Tür einen kurzen Blick zu und merke mir, über dem Kreisding aus Holz liegt ein Schlüssel.

João ist der Hausmeister. Er arbeitet seit dreißig Jahren hier und kennt jede Ecke der weitläufigen Anlage, jedes Knirschen im Gebälk. Er weiß, wo was lose ist, wackelt oder zieht. Er ist um die sechzig, groß, schlaksig und hat es so eilig wie einer, der sich ständig auf dem Sprung nach woanders befindet. Er könnte Mechaniker im Maschinenraum eines Hochseedampfers sein oder ein viel beschäftigter Professor. Oder beides. Ist er vermutlich auch, auf seine Art.

Das Paraíso, in dessen Innereien wir herumlaufen, ist ein kleines Hotel mit vierzehn Zimmern und liegt an der Algarve fast direkt am Meer. Eine hohe hellgelbe Mauer umgibt das Gelände, und ein wunderschöner, parkähnlicher Garten fällt sanft zu den Klippen ab. Ich soll auf das Hotel aufpassen, denn es ist wie jedes Jahr den Winter über geschlossen. Die Besitzerin braucht selber Urlaub, will die Gebäude aber nicht allein lassen. Ich war bereits im Oktober hier, doch jetzt haben wir Dezember, und João soll mir alles noch mal ausführlich zeigen, erklären, Fragen beantworten, nur komme ich gar nicht dazu, welche zu stellen. Er redet ununterbrochen, und klack, klack, klack fallen die Informationen wie Tetris-Elemente ineinander in mein Gehirn.

Als ich die Besitzerin im Oktober kennenlernte – sie holte mich vom Flughafen ab –, stand sie rauchend vor dem Gebäude. Sie hatte dunkle, kurze Haare, trug kein Make-up und wallende Gewänder in Grau und Erdfarben. Neben ihr saß ein großer schwarzer Hund.

»Das ist Otto«, sagte sie mit einer rauen, reifen Stimme, die so gar nicht zu ihrem jungen Gesicht passen wollte, »dann lernen Sie den auch schon mal kennen.«

»Hallo, Otto«, sagte ich.

Der Hund guckte mich stumm an, sein Schwanz schlug auf den Asphalt.

»Er mag Sie. Willkommen in Portugal, Frieda«, sagte sie.

Ihre Alterslosigkeit und die Ruhe, die sie umgab, verliehen ihr etwas Zenmönchhaftes. Ich weiß bis heute nicht, ob es stimmt, aber als ich ihr damals die Hand gab und in ihre hellgrauen Augen sah, dachte ich: Du hast auch nicht viele Freunde. Nein, ich dachte: Du traust auch nicht jedem.

Das Paraíso, erfuhr ich von ihr, war nicht immer ein Hotel. Ein brasilianischer Rinderbaron ließ es 1931 für sich und seine Familie als Ferienresidenz bauen. Es besteht aus zwei Gebäuden, im Haupthaus befinden sich vierzehn Zimmer, das Gästehaus daneben wird heute als Spa genutzt. Das Hauptgebäude ist ein lang gezogener Bau, und die hellbeige verputzten Steinwände sind an den meisten Stellen rund oder geschwungen, sodass es kaum spitze Ecken gibt. In dem großen Garten wachsen hohe Pinien, Araukarien, Zypressen, Palmen, Orangen- und Zitronenbäumchen, massenhaft Strelitzien, Rosen und Kräuter – verschiedene Sorten Minze, Rosmarin, Thymian. Die Klippen stehen unter Naturschutz, und der Weg zum Hausstrand ist zwar öffentlich, aber so schlecht zu erreichen, dass selbst zur Sommersaison nur wenige Leute da hinfinden, eigentlich ist es also ein Privatstrand. 1968 kaufte eine französische Baronin das renovierungsbedürftige Anwesen und machte daraus ein Hotel für Freunde und Bekannte, die Wert auf gehobene Küche legten – und auf Diskretion. Es hat keine Webseite und wird nur in wenigen Reiseführern erwähnt. Erscheint mal ein Restauranttester, kochen sie extra schlecht, damit sie nicht noch mal aus Versehen einen Michelinstern bekommen.

Falls es hier in der Nacht Geräusche gebe, sagt João und öffnet die Tür zum Garten, seien das die Büsche, die Bäume oder die Bougainvilleen. Er zeigt auf die alten Ranken, an denen grellpinke Blüten blühen. Ich nicke und frage mich, wie man das überhaupt hören soll bei dem ständigen Rauschen des Meeres, diesem *Krschkrsch* und *Schschsch*, das durch alle Gänge zieht, durch die Flure und den Garten. Oder stellt jemand nachts den Atlantik ab? Es rauscht wirklich in einer Tour, als habe der liebe Gott die Waschmaschine an. Man hört es überall, im Lichthof, drinnen im Haus, im Garten, hier auf dem Hof, nur an der Straße hinter der Mauer mit dem elektrischen Tor hört man es nicht. Schon bei meinem ersten Besuch ist mir das aufgefallen. Es ist, als sei das Rauschen etwas, das allein hier bei uns, zwischen den hohen Mauern des Paraíso, wohnt.

Im Direktionsbüro erklärt João den Kasten mit dem Feueralarm. Es gebe nur drei Gründe, weswegen der überhaupt anspringen würde: Rauch, Nässe, Spinne. Eigentlich sei es ein Spinnenalarm. Die Sensoren der Alarmanlage seien zu fein eingestellt. Sie schlügen bei jeder Kleinigkeit aus. Da müsse nur eine winzige Spinne über den Schalter laufen.

Das gibt es bei Menschen auch, denke ich. An manchen Tagen sind die Sensoren zu fein eingestellt.

»Morgen bringe ich den Hund«, sagt João. Wir gehen zur großen Glasschiebetür, die man abends mit einem Nagel an der Seite sichern muss. Er drückt mir ein Schlüsselbund in die Hand, lächelt und verabschiedet sich. Ich bedanke mich und merke mir: 1982. Nagel. Otto, morgen.

Ich habe noch nie einen Hund gehabt, aber ich habe auch noch nie ein Hotel gehütet. Von Bekannten weiß ich, dass man fit wird, wenn man einen Hund hat, weil der dauernd ausgeführt werden muss. Gewissermaßen freue ich mich also auf Otto. Er wird mein Personal Trainer werden. Eine Bekannte von mir spricht mit ihrem Hund, als wäre er ein Kind. Vielleicht wird man so, wenn man zu lange allein lebt. Vielleicht sollte ich Jonas heiraten, damit ich nicht später mit einem Hund rede wie mit einem Kind. Eine Osteopathin erklärte mir mal, Hunde und Pferde seien die einzigen Tiere, die auch von Osteopathen behandelt würden. Sie hätten ähnliche Beschwerden, was am ständigen Menschenkontakt liege. Sie nähmen Sorgen und Lasten der Menschen in sich auf. Ich hoffe daher, Otto steckt sich bei mir mit nichts an.

Es passt zu meiner Lage, auf ein Hotel aufzupassen, das

eine Pause macht, sich regeneriert, von einem anstrengenden Jahr erholt. Ich bin müde, und ich bin erschöpft – was nicht das Gleiche ist. Wer müde ist, will schlafen. Wer erschöpft ist, ist leer. Burn-out, habe ich gelesen, bekommt man auch nicht von Zuvielarbeiten, sondern von Zuweniganerkennung beim Zuvielarbeiten. Ich konnte das Wort noch nie leiden. Burn-out klingt nach Feuer. Mir ist immer nur kalt gewesen.

In der siebten Klasse erklärte uns der Mathelehrer, dass man nie auf null kommt, egal, wie oft man eine Zahl teilt. Man kann beispielsweise die Zahl 1 immer und immer wieder durch 2 teilen, es bleibt stets ein Rest. Ich habe im vergangenen Jahr mein Herz immer wieder in zwei Teile geschnitten und es zu spät gemerkt. Aber wie hätte ich das auch merken sollen? Hätte jemand gefragt: »Haben Sie denn kein Herz?«, hätte ich erwidert: »Doch, ich habe ein Herz«, auch wenn es nur noch ein hauchdünner Fetzen war.

Jeder, dem ich erzählt habe, dass ich das Paraíso hüten würde, erwähnte als Erstes *Shining*. Ich hätte nie gedacht, dass die Leute *Shining* noch kannten, vor allem nicht, dass sie mir zutrauten, durchzudrehen, so wie Jack Nicholson. »Ach, du hütest ein leeres Hotel, das ist ja bestimmt unheimlich. Wie in *Shining*!« Dann sprachen sie von Zwillingen, von Gespenstern, von Teppichmustern und schließlich von sich – so wie jeder früher oder später von sich redet. »Ganz allein in einem leeren Hotel, also ich könnte das nicht.« »Ich hätte ja Angst, so allein.«

Ich interessiere mich aus beruflichen Gründen für das Spannungsfeld, das entsteht, wenn man etwas nicht sehen, aber sehr wohl empfinden kann. Aber Gespenster? Bis vor Kurzem arbeitete ich als Sprecherin, las Hörbücher. Sie kennen meine Stimme vermutlich nicht. Oder vielleicht doch. Sagt ihnen *Oskar, der Hase* etwas? *Liebe in den Marschen? Ein Fall für Annalene?* Nein? Macht nichts. Ich mag auch keine Hörbücher hören, und wenn jemand im Radio redet, schalte ich es ab oder drehe es leise. Ich kann hören, wenn was nicht stimmt. Das ist ein Problem.

Der eigentliche Grund, warum ich hier wohne, ist die sogenannte *dead week*, das sind die Tage zwischen Weihnachten und Neujahr – jene Woche, in der man nicht weiß, wer man ist oder was das alles soll. Hausbesitzer müssen sich in Portugal während der Dead Week vor Ocupados in Acht nehmen. Das sind Banden, die nach spanischem Vorbild leer stehende Häuser besetzen. Sie wechseln die Schlösser aus, manchmal melden sie einen Telefonanschluss auf ihren Namen an, und wenn sie länger als achtundvierzig Stunden irgendwo wohnen, kann man sie nicht mehr vertreiben, in Spanien zumindest. In Portugal sei eher Vandalismus das Problem, hat die Besitzerin gesagt und sogar angeboten: »Lad dir gern Freunde ein.«

Aber ich will niemanden einladen. Das ist ja das Schöne: Keiner wird mich in diesem Jahr bitten, eine Gans zuzubereiten, mich skeptisch mustern oder falsch anlächeln. Keiner wird voller Mitgefühl über meine Hand streichen, weil ich unter »irgendeiner Belastungsstörung« leide, einen zweifelhaften Lebenslauf habe, keine Kinder und diese unordentliche Frisur, die man bekommt, wenn man an Weihnachten eine blöde Gans für lauter Leute machen muss, denen man leidtut.

Natürlich kommt Jonas hierher, einen Tag vor Heiligabend, wie besprochen. Hauptsache, ich muss nicht quer durch die Republik juckeln, an keiner Raststätte Blicke tauschen, mit all den anderen, den Vätern, den Müttern, den Nichten und Enkeln, die alle irgendwohin unterwegs sind, wo sie gar nicht hinwollen, oder vielleicht wollen sie dahin, aber doch nicht alle gleichzeitig bei diesem Mistwetter, die wenigsten wollen reisen, das sieht man ihnen doch an.

Ich setze mich auf das weiße Sofa, das im Wintergarten quer vor den breiten Terrassenfenstern steht, und schaue über den Garten aufs Meer. Windflüchter gibt es hier nicht, der Wind bläst aus allen Richtungen.

Wellen werfen sich wie enttäuschte Liebende an die Steilküste. Schon hundert Meter vor dem Strand schaumtosen sie in Zeitlupe, es sind kleine Türme, nein, es sind Turmmauern. Mauertürme rasen schräg aufs Ufer zu, ihre obere Naht zerfasert von den Windböen, die immer wieder über die Gischtkämme wischen und weißen Sprühregen nach vorn peitschen. Und überallhin, durch alle Gänge, dringt das Rauschen des Meeres. *Krschhh. Wschsch. Dschtdsch.* So klingt es. Als wäre es ein Organismus, als würde der Atlantik bis in die letzte Ecke des Raumes atmen.

Morgen kommt der Hund. Morgen werde ich etwas kochen. Morgen werde ich einen Spaziergang machen. Auf einmal, wird mir klar, habe ich Zeit. Wie soll ich die Stunden füllen? Man denkt ja immer, Leute, die so am Meer rumsitzen und gucken, sind beschäftigt, aber eigentlich ist man schnell damit fertig, mit diesem Sitzen und Gucken. Allmählich wringt der Abend das Licht aus dem Grau. Dann ist es stockfinster.

Als wir noch nicht lange zusammen waren, fragte Jonas: »Warum schreibst du mir nie, dass du mich vermisst? Hast du gar kein Heimweh?«

»Ich finde das Wort *Heimweh* jammerig«, erwiderte ich.

Jonas schwieg ein wenig verletzt, und ich dachte, dass man nicht immer alles sagen muss, was man denkt. Doch wie sollte ich das erklären? Es war ja nicht so, dass ich noch nie darüber nachgedacht hätte. Im Gegenteil. Fernweh und Heimweh sind Sehnsüchte. Beide fühlen sich an, als habe jemand im Herz ein Fenster offen gelassen, durch das es zieht. Heimweh hat man, wenn man sich nach dem Ort sehnt, an dem man sich geborgen fühlt, gut aufgehoben. Fernweh hat man, wenn man nicht weiß, wo der sein soll, dieser Ort, den alle Heimat nennen oder Zuhause. Fernweh ist Heimweh nach Irgendwo – von mir aus könnte es auch Irgendwohinweh heißen. Oder Wohinweh.

Aber als ich das Jonas erzählen wollte, war er bereits mit etwas anderem beschäftigt.

»Ich vermisse dich«, schreibe ich jetzt an ihn. Seine Antwort kommt prompt: »Ich vermisse dich auch.« Dann gehe ich nach oben, auspacken.

Ich öffne die Zimmertür und weiche zurück. Ich blicke mir selbst entgegen. Das Glas des Spiegels ist alt, überall sind Flecken, der ovale goldene Rahmen ist an manchen Stellen beschädigt. Unheimlich die Vorstellung, dass sich der Spiegel erinnern kann. Erdrückend der Gedanke, dass jemand zurückschaut.

In einem anderen Leben war ich beruflich viel auf Reisen, und es war jedes Mal das Gleiche: Sobald ich meinen Koffer ausgepackt und alles in Regalen und Schränken verstaut hatte, sobald meine Bücher, Stifte und Notizbücher wie Wächter auf den Tischen lagen, breitete sich in mir eine seltsame, aber vertraute Ruhe aus. Auf der einen Seite war da das Gefühl: »Ich kann sofort wieder einpacken und abhauen«, auf der anderen

Seite war »ab jetzt alles merkwürdig«. Beide Kräfte waren in Balance, und ich hatte Hände und Sinne frei, den brandneuen Ort zu entdecken. Ich konnte in mich hineinhören, Dingen nachspüren, Bemerkenswertes bemerken, ich musste bloß wie Sterntaler meine Schürze aufhalten. Nur manchmal drohte das Ganze zu kippen. Wenn die Empfindungen in mir drin der Schönheit des Außen nicht gerecht wurden.

Die Malerin Bridget Riley sagte einmal etwas Ähnliches über die rätselhafte Alchemie des Sehens. Eine Landschaft sei mal dumpf, dann wieder vibrierend, aber es ist immer dieselbe Gegend. Man kann nicht rausgehen und sich einen Eindruck abholen, weil er da rumliegt. Ebenso wenig kann man sich eine Geisteshaltung antrainieren, die man aufsetzt wie eine Sonnenbrille, um das Vibrierende zu sehen. Es ist vielmehr die vollkommene Balance aus beidem, aus dem, was man sieht, und dem, wie man es sieht, die für einen Augenblick das Alltägliche ins Wunderbare verwandeln kann.

Ich frage mich manchmal, ob man nicht allein deswegen verreist: wegen dieser ersten, unheimlich schönen Minuten, in denen alles möglich ist.

Vor dem Zubettgehen schaue ich überall nach, ob sich jemand irgendwo versteckt. Das ist ein Fimmel, von dem ich gerne wissen würde, ob andere ihn auch haben. Sie würden es nie zugeben, aber ich könnte sie anzwinkern und sagen: »Hey, jetzt mal unter uns, du guckst doch auch unters Bett, was?«

Hier ist das Nachsehen eine echte Aufgabe, denn die Suite ist für Riesen gemacht. Der Couchtisch hat die Maße einer Sandkiste, die er gewissermaßen auch ist. Unter dem Glas der Tischplatte liegen auf feinstem Sand zahllose Muscheln und Steine. Die weißen Sofas haben das Format mittelgroßer

Schlauchboote. Im geschwungenen Kamin könnte man einen ausgewachsenen Eber grillen. Rechts und links daneben stehen überdimensionale beige Lampen, wie knorrige Bäume mit Sonnenhut. Das Schlafzimmer ist ebenso weitläufig, das Bett riesig, im begehbaren Kleiderschrank könnte eine Isetta parken, und in der Badewanne hätte man zu viert ausgestreckt nebeneinander Platz – aber wer kennt schon drei Leute, mit denen er baden will?

Ich öffne die Schranktüren, schaue unter das mit Holzschnitzereien verzierte Bett, ziehe die Vorhänge auf und wieder zu. Dann putze ich mir die Zähne, lege mich hin und mache das Licht aus. Natürlich knurrt in genau diesem Moment mein Magen.

»Nein«, sage ich laut, »wir gehen jetzt nicht die dunkle Treppe runter durch den dunklen Gang zur dunklen Küche, finden die Lichtschalter nicht, frieren uns eine Naht zurecht und suchen nach was zu essen, was wir dann doch nicht finden.«

Mit sich selber zu reden ist gestattet, wenn man allein ist. Das ist der Vorteil des Alleinseins: Man wird beim Denken nicht gestört. Obwohl, wenn ich darüber nachdenke, ist es der Nachteil des Alleinseins: Man wird beim Denken nicht gestört. Schön ist es am frühen Morgen, wenn alle anderen noch schlafen, und man denkt was und merkt, das ist brauchbar. Wofür genau, ist einem vielleicht noch nicht klar, aber es ist schon mal brauchbar. Als wäre die Brauchbarkeit ein kleiner Anker, mit dem man sich in der Wirklichkeit festkrallen kann, eine Art Daseinsgriff.

Es ist zu spät, um Jonas anzurufen. Ich telefoniere allgemein nicht gern, und außerdem will ich nicht gleich in der ersten Nacht jammern. Er würde fragen: Was ist los, warum ist der

Hund noch nicht da, hast du alles abgeschlossen, hast du überhaupt was zum Abendbrot gegessen, und ich würde anfangen, mich zu rechtfertigen, und gleichzeitig darüber nachdenken, ob ich wirklich alles abgeschlossen habe, und es würde vielleicht noch mal knacken oder knarzen, und ich hätte dann diese Stimme, der man anhören würde, dass sie Angst hat, und er würde sagen, wärst du mal hiergeblieben. Nein, da liege ich lieber in diesem breiten, bequemen Riesenbett. Schlaf wird kommen. Tut er ja immer. Ich bin doch kein Hasenfuß.

Merk dir, was du träumst, sagen sie einem immer, wenn man die erste Nacht in einer neuen Wohnung schläft oder einem neuen Bett, als wäre man hellsichtig, als wäre man in ersten Nächten besonders durchlässig für Geister oder Gewissheiten, dabei ist das bloß ein Trick, damit man rasch einschläft und nicht bange wird. Und selbst wenn man was träumt, man vergisst es ja doch. Im Traum mitschreiben, das müsste man können.

Ich versuche, mich müde zu lesen. Das ist eine einfache Sache. Man nimmt ein Buch, irgendein Buch, und liest bei schlechtem Licht. Nach wenigen Absätzen schaltet der Geist in den Erschöpfungsmodus, man greift kraftlos nach dem Lichtschalter, um das Zimmer zu verdunkeln, und fällt in einen tiefen Schlaf. Das gelingt mir mit allen Genres, auch mit Nobelpreisträgern. Gerade mit denen.

Jonas benutzt Hörbücher, um besser einschlafen zu können. Ich schlafe fast immer beim Hörbuchlesen ein. Das passiert den meisten. Man sagt dem Regisseur dann: ›Gib mir fünf‹, und wer Minutenschlaf kann, schläft ein bisschen, dann geht es weiter. Einmal aber bin ich eingeschlafen und habe im Schlaf einfach weitergelesen. Der Regisseur erzählte es mir hinterher: »Deine Augen fielen zu, aber dein Mund hörte nicht auf zu reden. Das ging zwei, drei Sätze so.« Ich denke, das hat damit zu tun, dass ich auch *prima vista* lesen kann: ein unbekanntes Manuskript sofort einlesen, ohne mir vorher Notizen zu machen oder zu üben. Man kann das angeblich nicht lernen. Man liest den Anfang eines Satzes und hat den Rest schon inhaliert. Man weiß, wo man betonen muss, wo eine Pause hingehört. Es klingt ein bisschen verrückt, aber genau das ist man, verrückt, einen Millimeter nach vorne geschoben. Etwas liest sich durch einen hindurch. Als ich damals einschlief, rief das Gehirn die Informationen wohl noch ab, bis der Speicher leer war. Möglicherweise schalten sich nicht alle Abteilungen gleichzeitig aus. Vielleicht gibt es im Gehirn immer einen, der nicht mitbekommt, dass die Fabrikpfeife tutet und alle anderen längst an der Stechuhr stehen. Ich hoffe, dass man nicht so stirbt, so nacheinander.

Gegen Mitternacht ist es immer noch so laut, dass ich die Vorhänge vor dem Schlafzimmer einen Spalt öffne, um nachzusehen, ob nicht doch irgendein Scherzkeks Lautsprecher auf den Balkon gestellt hat. Im goldenen Dimmlicht der Terrassenbeleuchtung starren drei Palmenköpfe in mein Fenster. Dahinter ist es pechschwarz. Windböen feudeln die Palmblätter hin und her. Ich öffne die Balkontür. Binnen Sekunden bin ich durchnässt. Der Wind zieht und zerrt an meinem Pyjama. Es knarrt und knarzt und rauscht. Dann sehe ich die Plastikeule, die auf dem Dach festgeschraubt ist. Ihr beweglicher Kopf dreht sich im starken Wind immer und wieder hin und her, als wollte sie sagen: Nein, nein, nein.

Jetzt im Winter kämen die Stürme, hat die Besitzerin gesagt. Die Brandung sei unberechenbar. Sie habe aus dem Meer schon einmal jemanden rausgezogen, einen Surfer. »Du musst vorsichtig sein und auch beim Spazierengehen an der Steilküste aufpassen. Das Meer höhlt sie aus. Du darfst dich nicht unter die Vorsprünge setzen oder auf ihnen stehen. Aus heiterem Himmel kann der Boden unter dir zusammenbrechen.« Auf den Klippen vor dem Hotel sei mal eine Strandbar gewesen, *O Mar Me Quer*. Übersetzt hieß das: Das Meer will mich. Der Name sei an das portugiesische Wort für Gänseblümchen angelehnt: *Malmequer*. Warum, das wusste die Besitzerin nicht. Aber die Bar, erzählte sie, die war eines Nachts tatsächlich vom Meer verschlungen worden. Sie wachte auf, sah hinaus, und die kleine Bude war weg. Als hätte es sie nie gegeben.

Gab es früher Gewitter, weckte uns mein Vater. Meine Mutter und ich mussten uns anziehen, und dann saßen wir im Keller in seinem Büro im Dunkeln an einem Tisch und warteten, bis das Gewitter vorübergezogen war. Ich wurde oft in eine Wolldecke gewickelt, die ich heute noch besitze. Sie ist dunkelgrünrot kariert, mit weißem Saum, und sie kratzt ein bisschen. Sie ist die Einzige, die sich noch an diese Nächte erinnert. Außer mir.

Ich schrecke aus dem Schlaf. Im Badezimmerspiegel schimmert bläulich kaltes Mondlicht. Es ist zwei Uhr morgens. Etwas stimmt nicht. Das Rauschen klingt anders. Dichter, lebendiger. Eigenartigerweise erinnert es mich an Mengemasse beim Synchronsprechen – diesen Klangteppich, den man mit einer Gruppe von Leuten im Studio erzeugt, um eine Versammlung zu suggerieren. Vor der Zimmertür bleibe ich stehen. Zögerlich lege ich mein Ohr an das Holz und lausche.

Eigentlich liebe ich das Rauschen in den Kopfhörern, das Rauschen zwischen zwei Liedern auf einem Mixtape. Das Rauschen auf einer Schallplatte. Das Rauschen des Verstärkers, wenn sonst nichts läuft. Hinter dem Rauschen warten die Melodien.

Doch hinter dieser Tür, das weiß ich plötzlich, ist jemand. Mein Herz schlägt. Ich spüre es bis in den Hals hinauf, mein Puls donnert durch alle Adern. Er ist laut, so laut, dass ich denke, man muss es im ganzen Zimmer hören.

Was kann ich tun? Jemanden anrufen? Wen? João? Die Polizei? Ich kann kein Portugiesisch. Langsam weiche ich zurück. Meine Füße versinken im weichen Teppich, der mich daran erinnert, wie zerbrechlich alles ist. Mit hämmerndem Herzen schließe ich behutsam die Schlafzimmertür und drehe vorsichtig den Schlüssel im Schloss. Mein Puls krawallt unter meiner Haut. Ich schaue noch mal hinter die Vorhänge, ins Bad und in den Kleiderschrank, unters Bett und lege mich und mein klopfendes Herz ins Bett. Scheiß-*Shining*. Das ist nicht lustig.

»Eine Bekannte von Martin sucht jemanden, der auf ihr Hotel aufpasst«, sagte Jonas Ende August. Wir saßen auf dem Sofa und sahen einen inhaltsarmen Actionfilm.

»Interessant«, erwiderte ich. »Wo denn?«

»In Portugal, an der Algarve«, sagte Jonas. »Soll schön sein, das Hotel. Direkt am Meer. Ich hab dich vorgeschlagen.«

»Willst du mich loswerden?«, fragte ich.

»Unsinn.«

»Bin ich so anstrengend?«

»Nein!«

»Du hast eine Geliebte und willst mich aus dem Weg haben.«

»Jetzt komm mal klar. Ich dachte bloß, das könnte dir guttun. Außerdem könnte ich dich da besuchen, und wir feiern zusammen Weihnachten. Nur wir. Du und ich.«

Ich sah in seine blauen Augen. Betrachtete die hellbraunen Locken. Die feinen Gesichtszüge. Dann dachte ich bereits darüber nach, was ich einpacken könnte. Es war kalt in Portugal im Dezember, nicht?

Als ich Jonas zum ersten Mal sah, dachte ich an Nero, wegen der eisblauen Augen von Franco Nero. Er stand auf dem Platz vor dem Berliner Ensemble und wartete auf seinen Kumpel, einen Regisseur, der Off-Theater-Produktionen organisierte, Steven oder Stefan oder Steve. Er war schmal, trug einen dunkelgrauen Anzug und Turnschuhe und stand neben der Brecht-Skulptur wie einer, dem das Leben vergessen hatte einen Stempel aufzudrücken. Er sah nicht nach Geld aus, nicht nach Kunst, nicht nach Büro, nicht nach veganem Essen und schon gar nicht nach Theater.

Wir kamen ins Gespräch. Irgendwann sagte er etwas Tiefsinniges über Brecht. Ich erwiderte, ich hielte den Wichser für einen Hurensohn, dessen Erfolg großteils darauf beruhte, dass Frauen so blöd waren, sich von ihm ausnutzen zu lassen.

Jonas lachte schallend. Weswegen ich dann in die *Dreigroschenoper* gehen würde? Oder stünde ich einfach nur so rum, hier, an diesem schönen Abend?

Das sei ein reiner Liebesdienst für meine Freundin Nadja, die nicht allein ins Theater gehen wollte, entgegnete ich. Bei dem Wort Liebesdienst zuckte etwas Unsichtbares in seinem Gesicht, und ich wusste, wir würden uns wiedersehen.

Ich traf ihn in einem Buchladen an der Oranienstraße wieder. Er kaufte den Briefwechsel von Paul Celan und Ingeborg Bachmann. Ich verkniff mir (Gott sei Dank) die Bemerkung, wie ich ihre Art, ihre eigenen Gedichte vorzulesen, fand.

Er schob sein Rad, und wir liefen gemeinsam Richtung Neukölln und beschlossen, einen Kaffee zu trinken.

»Rauchst du?«, fragte Jonas vor dem Fuchsbau.

Ich nickte.

»Das habe ich befürchtet«, erwiderte er.

Anderthalb Packungen Parisienne und fünf Stunden später stieg er auf sein Fahrrad. Es dämmerte, und seine schmale Silhouette verschwand an der Kurve zur Admiralbrücke.

Eigentlich hatte er Untergewicht, dachte ich, aber nach so was fragt man nicht. Man fragt nicht, sag mal, isst du auch ordentlich, das war fast so schlimm, wie einem Typen zu sagen: Räum mal dein Zimmer auf.

Ich ging nach Hause. Ein Moment haftete mir im Gedächtnis, er wiederholte sich wie eine springende Platte. Jonas hatte was gesagt, und ich hatte hochgeschaut, irgendwo zwischen dem dritten oder fünften Kaffee war das gewesen, und ich hatte in seine Augen geblickt, und in diesem Moment hatte alles um mich herum kurz gewackelt, so *bschschsch* wie im Film *Die Matrix*, wenn Neo die Nähte zwischen den Welten wahrnimmt, wenn sich kurz die eine Wirklichkeit über die andere legt.

»Es hat mich erwischt«, sagte ich am Telefon.

»Oh nein!«, rief Nadja, die dachte, ich hätte Ebola.

»Ich habe mich unsterblich verliebt«, erklärte ich ihr.

»Ach so«, erwiderte sie in einem Ton, der mir einen Stich versetzte, denn ich wusste, Nadja dachte: Mal sehen, wie lange das jetzt wieder dauert.

Es hat Flausen geregnet gestern Nacht. Die Scheiben sehen aus, als hätte sie jemand mit einem sehr fusseligen Tuch gewischt, überall kleben hauchfeine Fäden auf dem feuchten Glas. Die Welt draußen ist milchig. Die Büsche zittern im Wind. Die drei Palmenköpfe gucken dumm. Stumm wirft sich das schiefergraue Meer ans Land. Regungslos hockt die Plastikeule auf dem First. In aller Seelenruhe erstreckt sich der etwas zerzauste Garten vor dem Balkon.

Meine Schritte machen kaum ein Geräusch auf dem Weg nach unten, nur das Rauschen schwappt von draußen bis hierher. Die Hauptküche liegt im Halbdunkel, in den Ecken leuchten die Kontrolllampen der Spülmaschinen und Kühlhäuser. Ich schalte die Kaffeemaschine ein und suche eine Tasse.

Neongrell scheint die Deckenbeleuchtung der Personalküche auf die silbernen Oberflächen. Ich gehe hinein und rutsche beinahe aus. Der Boden ist glitschig, weil jemand nicht aufgewischt hat. Auf fast allen Oberflächen liegt ein Fettfilm, das weiße Emaillegeschirr stapelt sich schief und krumm in den offenen Metallregalen. An den Wänden hängen gewaltige Pfannen und Siebe, unter dem Tresen stehen Töpfe, so groß wie Babybadewannen. Der Geruch von Masse hängt in der Luft, von riesigen Eimern Mayonnaise, von Fünfziger-Packs Koteletts, von Kilopackungen Paprikagewürz, von Abwaschmittel und Fußbodenreiniger, von nicht gespülten Tellern und von Fett. Und überall liegt dieser Fettfilm, in den Näpfen, auf den Oberflächen, alles ist schmierig, die Ölflaschen, die Gewürze, die Messer, die Tische, der Boden.

Ich öffne den Kühlschrank und finde mehrere angebrochene Plastikflaschen Ketchup, eine angebrochene Tüte Thunfisch fettet vor sich hin. In einem Metallbehälter liegen Wurst und Aufschnitt. Ich schnuppere daran. Noch gut. Der Kühlschrank brummt. Seine Tür will nicht richtig schließen, als wäre sie schon Zehntausende Male zugeknallt worden, von eiligen, überarbeiteten, gleichgültigen Händen: Auf, zu, auf, zu, rumms. Immer und immer wieder, immer in Eile, immer ohne Zärtlichkeit. Ich taufe ihn Silberrücken.

»Du bist die Personalküche«, sage ich laut in den Raum. »Du bist die Küche hinter der Küche. Du solltest besser aussehen.« Ich nehme mir vor, sie später zu putzen, finde eine saubere Tasse und lösche das Licht.

Ich liebe Kaffee auf nüchternen Magen. Im Studio ist das verboten. Magenknurren ist das einzige Geräusch, das kein Tonmeister wegbekommt. Aber hier? Keiner nimmt mich auf. Nichts, was es zu sagen gibt. Das Rauschen hallt durch die Leere des Hotels.

Das Sofa hier im Wintergarten kommt mir vor wie der Ausguck auf einem Geisterschiff. Ich bin Walbeobachter. Nein. Ich sitze in einem Kinosessel, und da draußen läuft ein Film aus Himmel und Wasser und Garten und Wind. Allein mit einer Scheibe Zeit. Aber bin ich das wirklich, allein?

Vor zwei Jahren übernachteten Jonas und ich in Wien in Nadjas Wohnung. Nadja war gerade verreist, ich hatte sie zuvor dort noch nie besucht und wunderte mich über die magere Ausbeute im Kühlschrank. Auch hatte sie keinen Zettel dagelassen, aber wir hatten es eilig, ich packte aus, hängte mein Kleid auf, und wir brachen auf, zu irgendeinem Konzert. Als wir spätnachts nach Hause kamen, passte der Schlüssel nicht mehr ganz ins Schloss hinein. Gerade als ich ein letztes Mal darin herumfuhrwerkte, riss jemand von innen die Tür auf.

»Wer sind Sie?«, fragte die kleine Frau böse und sah uns an.

Jonas wich in den Schatten des Hausflurs zurück.

»Wer sind Sie denn?«, fragte ich zurück. »Was wollen Sie in Nadjas Wohnung?«

»Wer ist Nadja?«, sagte sie wütend.

Hinter mir hörte ich Jonas unterdrückt kichern.

»Sie wohnt hier«, sagte ich, »wir waren doch vorhin erst da.«

»Ach, dann sind das wohl Ihre Sachen?« Die Frau deutete auf unsere Koffer neben der Tür, auf dem Boden stand mein Kulturbeutel, darüber lag, zerknittert, mein schönes Kleid.

»Ich wohne hier!«, sagte die Frau.

Und das tat sie wirklich. Nadjas Bürokollegin hatte uns den falschen Schlüssel gegeben. Erst als wir irgendwann ein Stockwerk höher in der richtigen Wohnung auf dem Sofa saßen und Jonas seinen Lachanfall überwunden hatte, fiel mir ein, dass es schon auf dem Hinflug Probleme gegeben hatte. Auf unseren Tickets stand »Reihe 13«, aber die gibt es in Flugzeugen nie.

Jessica Au hat mal geschrieben, beim Hüten einer fremden Wohnung fühle man sich wie Gast und Gastgeber in einer Person. Ich empfinde noch etwas in den Häusern anderer Leute. Ich bin dort seltsam vorläufig. Jederzeit kann die Tür aufgehen, und das Unvorhergesehene springt herein. Als Gast gehört man eigentlich ins Hotel. Man braucht eine Tür, die man zumachen kann und zu der nur man selbst einen Schlüssel besitzt. In einem Hotel ist es mir bisher nur ein Mal widerfahren, dass jemand die gleiche Zimmerkarte hatte wie ich, aber das war in Montreal, und weil die Kanadier so lustig sind, war das eher ein Spaß.

Ich schreibe Jonas, dass es mir gut geht. Er schreibt zurück, dass er sich auf mich freut. Ich tue ein Herz dran und lasse unser Gespräch auf dem Zimmer.

Ich habe der Besitzerin versprochen, den Hausstrand immer mal wieder nach Strandgut abzusuchen, vor allem nach einem Sturm. In den Siebzigerjahren seien einmal haufenweise Haschisch-Pakete angeschwemmt worden, sagte sie, doch das war nicht der Grund, warum sie mich ums Absuchen bat. »Das machen wir hier so. Das Meer ist unser Wohnzimmer. Nach einer Party räumt man eben auf.« Zwischen den Felsen finde ich ein paar Plastikteile, ein Stück Holz und einen Gitterkasten, in dem üblicherweise Hummer gefangen werden. Er ist leer. Hummer, die das Pech haben, in so ein Ding zu geraten, leben manchmal eine ganze Weile darin. Sie können nicht entkommen. Es ist ein schreckliches Ende. Sie warten, zehren von ihren Fettreserven und schrumpfen innerlich. Man erkennt sie auf dem Fischmarkt an den weißlichen Kalkablagerungen auf dem Panzer, dem sogenannten *German writing*. Warum das so heißt, weiß ich nicht.

Ich werfe den Hummerkäfig, die Plastikteile und das Holz neben den Gartenzaun und breche zu einem Spaziergang auf. Im Osten gibt es viele Sandsteinfelsen, auf denen Gras, Büsche und Sukkulenten wachsen. Hohe Formationen, die bei Ebbe aussehen wie knorrige und krumme Torbogen einer verlassenen Stadt. Im Westen aber liegt ein kilometerlanger Sandstrand, so breit wie eine Flugzeuglandebahn. Die Dünen dahinter sind Naturschutzgebiet. Ein Investor aus Lissabon will da was hinbauen, hat die Besitzerin erzählt. Es gehe hoch her in der Gemeinde. Am Ende würde jemand geschmiert, jemand würde anfangen zu baggern, jemand würde protestieren, ändern würde es nichts. Wie so oft.

Hohe braune Felsen werden von Wellen umspült. Im gleißenden Dunst der Sonne sieht der breite Strand aus wie eine Fantasiewelt, in der alle Formen verschwimmen und jedes Ding aus sich heraus leuchtet. Die weißen Fassaden der entfernten Hochhäuser flimmern im Licht der Vormittagssonne wie eine Fata Morgana.

Ich lese die Blindenschrift des Strandes: Fußabdrücke, Löcher, Pfoten, Muscheln. Steine, Tang. Ich bin eine Museumsbesucherin und spaziere durch eine Installation. Alles ist taufrisch. Die Welt ist noch unheimlich. Jedes Detail ist bemerkenswert, weil es noch nicht vertraut ist. Und bei jeder Person, die mir entgegenkommt, denke ich: Solange ich nicht *Bom dia* sage, bin ich unsichtbar. Worte machen sichtbar. Worte sind Entscheidungen.

Früher verdrehte ich die Dinge aus Spaß. Wenn auf einer Werbetafel stand »Wir geben auf Sie acht«, las ich »Sie sind uns egal«. Aus »sichere Geldanlage« wurde »ruinöser Schwachsinn« und aus »mit Liebe gekocht« »ungenießbar zusammengematscht«. Man kann sich vielleicht vorstellen, um wie viel heiterer und zugleich seltsamer die Welt dadurch wird. In der Mathematik heißt dieser Vorgang Negation. Man stellt sich das Gegenteil vor, um ein besseres Gefühl für das zu bekommen, was wirklich ist.

Es waren jedoch die kleinen Unaufmerksamkeiten, die andeuteten, dass mit meinem Kopf etwas nicht stimmte. Ich stand in der S-Bahn und las Vergewaltigungsmanagement, dabei stand da Verwaltungsmanagement. Ich las Robert Müsli, da stand aber Robert Musil. Ich sagte Anja und meinte Katrin, ich sagte Fuß und meinte Strumpf, ich sagte gesund und meinte zufrieden, ich sagte Kühlschrank und meinte Balkon.

Dann blieben sie nicht mehr da, wo sie hinsollten, die Worte. Sie hafteten nicht an, ich konnte sie auch nicht haftbar machen, in die Verantwortung ziehen, ich konnte eigentlich gar nichts mehr sagen, was nicht sofort verflog, sich verdaddelte, verpappte.

Wenn es eine Erkältung gewesen wäre, eine entzündete Schleimhaut, eine simple Frage von Ursache und Wirkung: Kugel rollt, weil Ebene schief. Wasser läuft, weil Hahn auf. Sprecherin stumm, weil Hals kaputt. War es aber nicht.

»Gut«, sagte der Regisseur. Nein, er stieß es aus, es war ein helles, falsches, abgehacktes »Gutt«, als hätte ihm jemand in den Po gekniffen.

Wir hatten gerade damit angefangen, eine amerikanische Fernsehserie zu synchronisieren, die im Herbst auf Netflix anlaufen sollte. Das Trio Infernal, das mich an jenem Vormittag umgab, war die klassische Kombi: Cutterin, Tonmeister, Regisseur. Die Cutterin war eine Schubsfrau, weil sie immer nur diesen einen Satz sagte: »Das können wir schubsen.« Der Tonmeister blickte so böse wie ein missgelaunter Rapper und saß hinter der Glaswand neben diesem jungen, zu Falschheiten neigenden Regisseur, der stets Wir sagte, wenn er Ich meinte. Wir machten keinen Take mehr als zwei Mal, an Noch-mal-Vorspielen glaubten wir auch nicht.

Ich hatte wie immer erst vor Ort von meiner Rolle erfahren. Ich sprach eine ältere, heisere Dame mit beißendem Witz und dem Hang, vor sich hin zu pfeifen, wenn sie dachte, etwas wäre faul in der Welt. Man hätte sie ironischer sprechen müssen, synkopierter. Aber Gutt wollte sie klamaukig, und pfeifen durfte ich auch nicht. Ich schüttelte den Kopf, murmelte: »Schwachsinn.« Es war mir egal, ob er mich hörte oder nicht, ich hätte auch unzufrieden bellen können, er passte eh nicht auf. Eben hatte er während der Aufnahme telefoniert.

»Das können wir schubsen«, sagte die Schubsfrau.

»Gutt. Das nehmen wir«, sagte er.

»Wie ihr wollt«, brummte ich.

Take 309. Wieder erschienen die grünen Balken auf dem Bildschirm und schoben sich nach außen. Ich sah die Szene und fragte mich, welche Kniffe mein Kehlkopf noch auf Lager haben müsste. Er lieferte bereits eine gebotoxte, gefillerte, microdermabrasierte Stimme, die so prämenopausal schelmisch neckend klang, dass sie überhaupt nicht zu der älteren Dame passte, die ich sprach. Ich klang dumm wie ein Pfund Kaugummi.

»Bitte«, sagte Gutt.

»Alles gut!«, das war mein Text. Zwei Wörter und ein Ausrufzeichen: »Alles gut!«

Die grüne Schiebetür ging auf, die Szene begann – und endete. Nichts.

Ich trank einen Schluck Salbeitee. Kreide wäre besser gewesen. Fokus, ermahnte ich mich.

Die grüne Schiebetür ging auf. Die Szene endete. Nichts.

»Brauchst du das auf eins?«, fragte der Indenpogekniffene leicht herablassend.

»Nein, alles gut«, wollte ich sagen, aber ich fing an zu husten.

»Was hat sie denn?«, hörte ich den Tonmeister im Hintergrund. »Wir müssen zu Tisch.«

Ob es in meiner Familie Erbkrankheiten gebe, fragte der Arzt.

Woher ich das wissen solle, antwortete ich.

Er schrieb mich krank, irgendeine Belastungsstörung.

»Du bist zu anspruchsvoll«, sagte Nadja. »Ich habe neulich irgendwo dieses Kaninchen gehört, und diese Annabel-Krimis sind auch nicht schlecht, sagt meine Mutter.«

»Annalene«, erwiderte ich. »Und es ist ein Hase. Es ist sehr wohl schlecht, wenn alles gleich klingt.«

»Seit wann klingen Hasen wie Kriminalkommissarinnen?«, fragte Nadja.

»Es gibt keine Fallhöhe mehr. Wir sprechen über alles hinweg. Es ist, als wären wir in einem irren Disneyland gefangen. Bei den Mumins verschwindet der Vater, bei Myazaki fahren Gespenster S-Bahn, aber im Studio geht die Sonne nie unter, und falls doch, ist es ein finnisches Kammerspiel, dessen Redakteurin noch unglücklicher ist als ihre Figuren.«

Nadja lachte.

»Ich stelle Schrott her – im Akkord!«, schimpfte ich. »Ich kann keine Hexe mehr hören, keinen Drachen, keinen Magier und keinen Vampir. Wenn ich noch einmal eine Fee lesen muss, erwürge ich einen Hamster.«

Nadja lächelte mitfühlend und verkniff es sich, dieses *Stell dich nicht so an, es ist doch nicht so schlimm, anderen geht es wirklich schlecht, was willst du eigentlich, wenigstens hast du Arbeit.*

Doch ich bekam kein Wort mehr heraus, ich konnte nicht mehr sprechen, ohne zu husten. Und meine Gedanken waren plötzlich wie Sand. Früher hatte ich mir noch merken können, was ein Buch in mir hinterlassen hatte, doch inzwischen war da nur noch Löschpapier. Es ging auch nicht anders, mein Kopf wäre geplatzt bei diesem Tempo. Die Figuren setzten sich noch nicht mal hin, auf ihrem Weg vom einen Ohr hinein und zum anderen wieder raus. Einen Termin schieben? – Auf keinen Fall. Vorher lesen? – Wie bitte? Noch mal drüber nachdenken? – Bist du irre?

»Vielleicht solltest du wieder reisen«, sagte Nadja.

Ich schrieb meiner Agentin, dass ich bis auf Weiteres ausfallen würde, und erhielt keine Antwort. Ich sprach mit Jonas darüber, er sagte: »Ruh dich aus.«

Ein paar Abende vor meinem Abflug saß ich in unserem Wohnzimmer. Ich hatte gerade das letzte Album von Burial zu Ende gehört. Plötzlich sprang die Box wieder an: »... wer weiß, woher das kommt. Das ist doch nicht normal. Sie hatte eben nie ein richtiges Zuhause ...« Dann war die Stimme wieder weg. Ich starrte auf unsere Bücherwand. Hatte ich mir das eben eingebildet? Offenbar nicht. Lily lästerte über mich. Geschenkt. Tat ich ja umgekehrt auch. Aber wieso redete Jonas mit ihr über mich?

Ich sprach ihn nicht auf das Telefonat an. Ich wollte nicht wissen, was seine Mutter noch an mir auszusetzen hatte. Außerdem kannte er meine Geschichte, er kannte sogar das Dorf, in dem ich aufgewachsen war. Wenn er der Meinung war, mit mir stimme was nicht, konnte ich ihm auch nicht helfen.

Es gibt ein Foto von mir, da bin ich drei Monate alt. Ich liege auf dem Rücken in meinem Kinderbett und schaue in die Kamera. Ich trage einen weißen Strampelanzug mit roten Marienkäfern, lächele nicht, verziehe noch nicht einmal den Mund, es liegt ein relativ erwachsener Ausdruck in meinem Gesicht, beinahe als würde ich sagen wollen: »Und?«

Schob mich meine Mutter durchs Dorf, kamen die Nachbarn und guckten neugierig in den Kinderwagen. Ich ließ mich begutachten, sah in die großen Gesichter mit den dicken Nasen und den kleinen Augen und wehrte mich gegen ihre Neugier, indem ich lautlos zurückstarrte. So wurde es mir jedenfalls erzählt, erinnern kann ich mich daran natürlich nicht.

Irgendwann fiel ich wie viele Babys von irgendwas runter, dem Wickeltisch, einem Sofa, ich weiß es nicht, die Geschichten widersprechen einander. Meine Mutter schrie vor Schreck, ich nicht. Sie hob mich hoch, ich sah sie aus meinen großen, nachdenklichen Augen an. Ich weinte nicht, sondern schaute versonnen, bis sie sich beruhigt hatte, dann ließ ich mir in aller Seelenruhe die Windeln wechseln und lag danach seltsam leise auf dem Rücken und schaute zur Decke, sah meine Mutter an, sah wieder die Decke an, als sei nichts passiert.

Am selben Tag gingen meine Eltern mit mir zum Arzt. Der versicherte ihnen, ich sei kerngesund, nur der Rücken sei gefährlich schief, und sie täten wohl daran, mich in ein Korsett zu stecken, wollten sie nicht in ein paar Jahren eine krumme Tochter haben. Wütend fand mein Vater, der Doktor sei wohl selber nicht ganz gerade, und ging zum nächsten, der meinte, ich wäre vielleicht etwas still, aber ganz sicher nicht verbogen. Ich wuchs, bekam dicke Backen, und mit zwei Jahren sprach ich noch immer kein Wort.

»Ist das Kind stumm?«, fragte man meine Eltern. »Nein, nur leise«, erwiderte meine Mutter, der das ständige Gegucke und Getuschel langsam auf die Nerven ging. Ich lächelte häufig, betrachtete Bilderbücher, spielte am liebsten allein in einer Ecke meines Laufstalls mit Bällen oder Bauklötzen. Gab man mir eine Puppe, warf ich sie nach wenigen Minuten in hohem Bogen von mir, was die Erwachsenen nicht davon abhielt, mir andere, noch schönere zu schenken, die ich ebenfalls aus dem Laufstall warf. So wurde es mir erzählt. Bis auf meine Abneigung gegen Puppen und meine Schweigsamkeit benahm ich mich wie ein gesundes kleines Mädchen.

Dann, endlich, mit drei Jahren, sagte ich etwas. Leider konnte sich keiner der Erwachsenen später an den Wortlaut erinnern, aber es war angeblich ein ganzer Satz, fehlerfrei artikuliert und in diesem Deutsch, auf das die Menschen aus Hannover und dem Umland so stolz sind.

Angler stehen im Gegenlicht. Nach einem Sturm fangen sie viel. Die Fische schwimmen weiter oben, wenn der Meeresboden aufgewühlt ist. Alles schwimmt weiter oben, wenn man aufgewühlt ist.

Einer von ihnen sitzt auf einem Eimer. Der rote Schwimmer seiner Angel tanzt in der Brandung. Hinter ihm sehe ich einen Eimerabdruck im Sand. Das heißt Ebbe, das Meer geht zurück. Ich gehe mit hochgekrempelter Hose. Wind bläst mir Sand ins Gesicht. Da sind tiefe Löcher, in unregelmäßigen Abständen. Sie müssen von Nordic Walking Sticks stammen. Da, ein Jogger. Da, ein Pärchen. Dort, eine Frau, die in einer Plastiktüte Muscheln sammelt. Und Licht. So viel Licht. Wie konnte ich die vergangenen anderthalb Jahre nur ohne Licht leben?

Nach einer Stunde erreiche ich ein Restaurant. Es ist geschlossen, ein flacher Bau, die großen Panoramafenster gähnen aufs Meer, an der Seite lehnt eine Leiter, kein Mensch in Sicht. Wie die meisten Gebäude hier liegt es im Winterschlaf. Es sagt nichts. Es will nichts. Es spendet nur Schatten.

Ich könnte eine kurze Hose kaufen, dann hätte ich was zu tun. Ich könnte einen der Wagen vom Hotelhof nehmen und nach Galé fahren, da gibt es ein Einkaufszentrum und einen englischen Supermarkt. Ich könnte im Apolónia-Supermarkt überteuerte Chiasamen kaufen und gesunden Pudding zubereiten. Ich könnte in Albufeira in ein Café fahren und japanische Pfannkuchen bestellen. Ich könnte hier sitzen bleiben und notieren, welche Beweise das Meer dagelassen hat, und das tue ich dann auch.

Rötlich gestreifte Herzmuscheln, denen Zacken fehlen.

Weißliche Meermandeln, flach wie Frisbeescheiben.

Violett-silber-perlmutt schimmernde Austernschalen.

Abdrücke von Birkenstocks, Turnschuhen und nackten Füßen, denen man ansieht, wie energisch jemand gelaufen ist.

Hundepfoten, manche so groß, dass man meinen könnte, es gäbe hier Wölfe.

Schwarze Steine, durchzogen von feinen beigen Strichen.

Sandkörner, die im Sonnenlicht funkeln.

Getrocknete silbergraue Distelzweige, wie Knochen prähistorischer Vögel.

Trockene hellbeige Stöckchen, Seegrashaufen, Sandwurmlöcher.

Und die feinen Spuren der lustigen Knutt-Strandläufer, dieser winzigen Vögel mit den gestreiften Schwingen, die im Pulk mit einer zehntelsekundengenauen Choreografie hin und her pesen, sodass man sich fragt, woher die wissen, dass es jetzt – zack – nach links, dann – zack – nach rechts oder – zack – in die Luft geht.

Ich mag Notizbücher, weil sie ehrlich sind. Man sammelt in ihnen Beweise, und zugleich sind sie selber eine Art Beweis. Man kann sie nicht fälschen. Personen und Eindrücke tauchen auf und wieder ab. Man kann sie nicht radieren. Überblättern, ja. Streichen, das auch. Aber sie sind da gewesen und haben ihre Spur hinterlassen. Keiner kann im Nachhinein die unterschiedlichen Schreiborte, Stifte und Stimmungen nachahmen. Jede Notiz ist eine Skizze, die ungeplant, unbeschwert und aufgabenlos aufs Papier fällt – blitzschnell, denn sie weiß, sie muss sich beeilen, bevor der Wind kommt oder sie fest wird und zu Boden stürzt, wo sie dann doch niemandem auffällt. Sowieso sollte es Auffall heißen und nicht Einfall. Erst fällt es einem auf, und dann fallen einem die Worte in den Kopf, um den Auffall zu beschreiben. Oder?

»Schreib das auf«, sagt Jonas dauernd. »Schreib das auf!« Ständig soll ich etwas aufschreiben, und es sind okaye Sätze, die ihm gefallen, aber sie bringen mich auf seine Fährte, nicht auf meine. »Gedanken gehen mir im Kopf herum«, antwortete ich ihm einmal. »Der Mund ist bloß die Tür.« »Schreib das auf«, sagte er. »Schreib: Der Mund ist die Tür vom Kopf.«

Doch was einem durch den Kopf geht, ist etwas anderes als das, was einem auf dem Herzen liegt. Beides sind Gäste, die man vielleicht gar nicht eingeladen hat. Der durch den Kopf geht, latscht da vielleicht nur so durch, wie diese Leute am Strand, die an einem vorbeitrampeln und Sand über das Handtuch verteilen, auf dem man gerade döst oder ein Buch liest.

Aber der da auf dem Herzen liegt, wer weiß, wie lange der da schon gelegen hat?

Seit einer Weile geht ein Pärchen am Strand auf und ab. Sie gehen eilig, hin und her und her und hin. Machen sie Sport? Haben sie einen Käfig im Kopf?

Wie viele Schichten das Rauschen hat. Es ist gar nicht immer gleich. Mit einer Vielzahl von Stimmen wischt das Meer über den Sand, wie ein Schwamm über eine vollgeschriebene Tafel. Wenn ich hier lange genug sitze, wischt es vielleicht auch über mich und löscht, wo ich hergekommen bin. Wo es gezwickt und gedrückt hat in diesem Daher.

»Aber natürlich springe ich ein, wir müssen doch zusammenhalten«, flötete Sissi, die gerade im Studio nebenan aufgenommen hatte. Sie klang, wie ein Mädchen in rosafarbener Strickjacke aussah: süß, gefällig, fröhlich. Ich bekam Gewaltfantasien, wenn ich zu lange mit ihr plaudern musste. Sie gab sich stets mit *unendlicher Liebe* hin und *sah mit dem Herzen*. Es musste sich alles *richtig anfühlen*, dafür gab es *Seelenmenschen*, glücklicherweise war Gutt so eine Lichtgestalt. Ich behielt für mich, was ich über ihre Atemübungen, eine Mischung aus Chants und Würggeräuschen, dachte, und ich sagte ihr auch nicht, sie möge doch bitte mit ihren Hühneraugen sehen und beim Fühlen die Klappe halten, denn erstens war ich dankbar, dass sie für mich einsprang, und zweitens konnte sie nichts dafür, was Stimmen wie die ihre in mir auslösten.

Es ist nämlich so: Ich habe einen Schimpfautomaten im Kopf, der sich nur schwer abstellen lässt. Ich weiß noch, wie ich vor meiner Abreise einen Parkschein ziehen wollte, und ein

Rentner war schneller. Er sprang regelrecht lustvoll vor mich, als würde er dadurch irgendeinen Sieg erringen, steckte Münzen in den Automaten, merkte aber nicht, dass ihm in seiner Eile der Geldbeutel aus der Hosentasche gefallen war. »Ihr Geldbeutel«, sagte ich. Der Mann hob ihn auf, und dann lächelte er mich an, als wäre ich der freundlichste Mensch der Welt. »Danke«, sagte er, und ich lächelte zurück, dabei hatte ich ihn innerlich Sekunden zuvor noch aufs Übelste beschimpft.

Ich mag Menschen nicht einfach so, weil sie Menschen sind. Das kann irgendwie jeder, oder sagen wir, fast jeder. Manchmal hasse ich sie sogar. Moralisch ist das verwerflich, energetisch falsch und möglicherweise nicht gut für die Verdauung. Dazu kommt: Je stärker man etwas ablehnt, umso schneller landet die Abneigung wieder in einem drin. Wie ein Ball, den man gegen die Wand wirft und der immer wieder zu einem zurückkommt. Ich weiß so was. Ja, das weiß ich.

»Schatzi, wir hätten es gerne ein My-chen breiter, ein bisschen weniger über die Lautstärke. Und pfeifen wollen wir auch nicht«, erklärte Gutt.

Sissi nickte. Die Szene begann, endete. »Alles gut!«, flötete sie, und dann entfuhr ihr ein ornamentaler Seufzer.

Auf dem Heimweg dachte ich an die Stimmen, die ich als Kind so geliebt hatte. An die von Hans Paetsch, der mit einem einzigen Wort einen Ballsaal mit Atmosphäre füllen konnte. An Filme, in denen man das R rollte und alle ein bisschen österreichisch sprachen, in denen Hans Moser und Theo Lingen Witze rissen. In denen die heile Welt eine Rolle spielte, weil die echte in Trümmern lag. War es wieder so weit? Mussten wir wieder so sprechen, als liefe uns Zuckerrübensirup durchs Herz? Aber Stimmen wurden älter. Es gab diese gewisse Reife, die von innen kam. Die Bandbreite wurde kleiner. Unsere Stimmbänder leierten aus. Unsere Träume leierten aus. Wir wurden brüchig, bekamen Kratzer. Das ging allen so. Es war unausweichlich.

»Wieso macht dir das was aus?«, fragte Jonas, als ich nach Hause kam. »Du weißt doch, wer du bist und wo du stehst.«

Wusste ich das? Wusste ich, wo ich stand und wer ich war?

»Stress entsteht«, sagte er, »wenn du versuchst, Dinge zu kontrollieren, die du nicht kontrollieren kannst.«

»Stress entsteht, wenn man Töne hören muss, die man nicht hören will«, erwiderte ich. »Außerdem hast du gut reden. Du tust etwas Sinnvolles. Du bist Ingenieur und konstruierst Brücken, die Täler überspannen. Ich trage dazu bei, dass hirnlose Piepsmäuse eine interessante Figur verhunzen und junge Menschen zu hirnlosen Piepsmäusen erziehen.«

»Über meine Brücke fahren auch Idioten«, erwiderte er.

Darauf fiel mir nichts ein.

In den Tagen nach meinem Aussetzer traf ich im Supermarkt eine Bekannte, die inzwischen ihr Geld mit literarischen Kalendern verdiente. Das werde sehr gut bezahlt, sagte sie. Das wäre vielleicht auch was für mich? Sie meinte, die Kalender gäben ihr das Gefühl, etwas Kreatives zu tun. Ihre Kinder waren aus dem Haus, und ihr Mann hatte eine Affäre. Der Idiot ahnte allerdings noch nicht, dass er es nie wieder so gut haben würde wie mit ihr. Sie hatte jedenfalls keine Lust mehr auf Putzen und Dienen. Sollte er doch bleiben, wo der Pfeffer wuchs. Die Kalender erfüllten sie. Sie sagte: »Das ist etwas, das tue ich nur für mich.« Darüber hinaus war es kinderleicht. Man suchte im Internet nach Material und stellte was zusammen.

Aber während wir da so standen, zwischen den Biozitronen und der Kühltheke mit den veganen Würstchen, dachte ich, dass sie eigentlich noch immer tat, was sie als Mutter und Ehefrau so sattgehabt hatte: Sie war eine Art Aphorismenmutti, eine Kopfgärtnerin, sie jätete die Gedanken und Formulierungen anderer Menschen. Kam jemand zu Besuch und sagte: »Ach, was für ein schöner Kalender«, konnte sie sagen: »Ja, den habe ich gemacht.« Aber hatte sie ihn gemacht?

Dann sprach sie von dem Roman, an dem sie gerade schrieb. Schlüsselmomente seien wichtig, sagte sie. Jene Szenen, in denen sich die Hauptfigur veränderte. Veränderung war wichtig. Ich nickte und hatte das Gefühl, ich lebte in einer Welt voller Momente ohne einen einzigen Schlüssel.

Ich stimmte nicht mehr. Ich las »sinnloser Tod« und fragte mich, ob es einen sinnvollen gab, und wenn ja, wie der wohl aussah. Ich sagte einen Satz und hörte jemanden sprechen, den ich nicht kannte. Ich kam mir vor wie ein Dinosaurier, der vergessen hatte auszusterben. Nein, falsch, der vergessen hatte, wie man brüllte. Es ging ja inzwischen schon so weit, dass ich mit Jonas sprach und etwas sagte und dabei dachte: Fühlst du das jetzt wirklich, oder hast du das nur irgendwo gelesen?

Es weht und windet. Sand fliegt mir entgegen, und ich lasse mich mit Sonne volllaufen. Das Meer – ein Glitzerteppich. Kann man zu viel Licht abbekommen? Keinen Sonnenbrand oder einen Sehschaden, nein, ich meine, zu viel Licht. Ein Arzt sagte einmal, mir würde Vitamin D fehlen, aber den meisten Menschen, die im Norden leben, fehlt Vitamin D.

Ein Mann und ein kleiner Junge werfen Steine in die Brandung, in der Hoffnung, dass sie hüpfen.

»Guck mal«, sagte Jonas bei einem unserer ersten gemeinsamen Spaziergänge, »wie schön!« Wir beobachteten, wie sich ein Mädchen von einem Klettergerüst rückwärts in die Arme der Mutter fallen ließ.

»Was, Kinder?«, hatte ich leicht unruhig gefragt.

»Dieses Urvertrauen«, sagte er.

»Was meinst du damit?«, wollte ich fragen, verkniff es mir aber.

Später fragte ich ihn dann doch.

Er sagte: »Ich weiß nicht, wie ich das beschreiben soll.«

»Versuch es«, bat ich.

»Es ist das simple Gefühl, dass dich jemand lieb hat, ganz so, wie du bist. Immer. Dass Angst und Unsicherheit runterfallen, wenn dich deine Eltern hochheben. Dass alles gut ist. Dass du für dich bist, aber nie allein. Dass du Vertrauen zu deinem Wesen, zu Freude und zu Zorn gleichermaßen entdeckst. Ich würde sagen, Urvertrauen ist wie eine Bewegung der Seele zum Leben hin, unkaputtbar, unaufhaltsam, ganz leise und wunderschön.«

Ich schluckte und schluckte, aber es war wie bei einer Grippe, der Kloß in meinem Hals wollte nicht verschwinden.

Auf dem Rückweg sehe ich eine Bar in den Dünen. Eine Frau klappt die Holztheke runter, ein Hund döst am Fuß der Treppe. Die Frau ist etwa Ende zwanzig, blass, kräftig. Dünne, halblange braune Haare flattern im Wind. Sie erinnert mich an eine müde Maus, die zu viel gegessen hat. Wie sie wohl heißt? Helena, Marta? Vielleicht wird sie heute den Tag hier verbringen, hinter diesem Tresen stehen und Getränke, Eis und abgepackte Sandwiches verkaufen. Renner sind vielleicht die mit Käse überbackenen Toasts und Cornetto Erdbeer. Immer wieder wird sie ihr Gesicht vor der Sonne schützen. Gäste kommen und gehen, sitzen ein bisschen rum, quatschen, machen Handyfotos, die sie nach Hause schicken. Ein paar Hunde bellen sich an. Marta oder Helena wird aufs Meer schauen, den Surfern beim Surfen zusehen. Gegen Mittag macht sie sich dann einen überbackenen Käsetoast, vielleicht auch zwei.

Ich könnte morgen den gleichen Spaziergang machen wie heute, denke ich, nur mit neuen Wellen, neuen Wolken, neuen Leuten und meinem alten Gesicht. Das Spazierengehen wäre meine erste neue Gewohnheit. So macht man sich Orte zu eigen, so wohnt man sich ein, so fräst man sich in die Fremde, und so schreibe ich den Anfang einer Geschichte in den Sand, in der Hoffnung, die nächste Welle lässt sich ein bisschen Zeit.

An der Hauptstraße gibt es ein Surfercafé und einen dazugehörigen Laden. Surfboards lehnen in einem Ständer vor der Fensterscheibe. Aus Paletten gezimmerte Stühle und Tische stehen vor dem Café. Weiße Schaffelle liegen auf den Sitzen. Reggaemusik läuft. Dieser Stil heißt Eco-Hippie-Chic. Er steht für die Sehnsucht nach Echtheit. Es gibt ihn inzwischen überall, oft in diesen semijugendlichen Hotels, die nicht ganz so teuer wie ein Boutiquehotel, aber auch nicht gerade günstig sind. Man kombiniert dabei Wiederverwertbares wie alte Plastikrohre, Kronleuchter oder Sperrholzpaletten mit Bindfaden, Stroh, Metall, Stein oder groben Stoffen, die den Anschein erwecken sollen, als seien sie von Hand gewebt. Wichtig ist, dass man dem Holz ansieht, dass es Holz ist, und dem Stein das Steinsein. Dazu kommen je nach Geschmack Blumen und Gräser in Kristallbechern, bunte Kelims, marokkanische Silbertabletts. Gäste fotografieren sich gern in so einer Umgebung, weil sie dadurch selbst ein bisschen echter, kreativer und bescheidener wirken, als sie es in Wirklichkeit vielleicht sind.

»Sei doch nicht immer so negativ«, würde Jonas jetzt sagen. »Es ist doch schön, wenn die Leute recyceln.« Und ich würde denken, dass man manchmal sehr wohl sagen muss, was man denkt.

Der Kellner spricht mich auf Portugiesisch an. Es kann nicht an meinem Aussehen liegen, dass ich dauernd in der Landessprache angesprochen werde. In Schweden spricht man mich auf Schwedisch an, in Finnland sprechen die Leute Finnisch mit mir, in Italien Italienisch, in Spanien Spanisch. Vielleicht liegt es an meinem »Ich tu so, als gehöre ich hierher«-Blick. Den trainiere ich immerhin schon seit meinem siebzehnten Lebensjahr. Ich betrete eine neue Umgebung und tue so, als wäre ich bereits zum hundertsten Mal da. Ich mache das in Restaurants, auf Flughäfen, in Kaufhäusern, in Büros, in der Uni. Selbst auf einer Party, wo ich niemanden kennen kann, weil mich jemand mitgenommen hat, den ich kaum kenne, schaue ich mich gelangweilt um, während in Wahrheit meine Augen die Umgebung nach Informationen absuchen. Wo geht welche Tür hin, wo bekommt man ein Kaltgetränk, wer redet mit wem, welche Musik läuft, wird getanzt, sieht mich jemand an, und wenn ja, wie, was tragen die anderen, fallen meine Klamotten auf? Früher half Rauchen, man hatte was in der Hand, hatte was zu tun, damals rauchte man noch überall, auf den Toiletten, im Zug, auch im Flugzeug. Was ebenfalls hilft, ist, zu ignorieren, was alles schiefgehen kann. Sowieso denke ich, dass Mut zu einem Großteil aus absichtsvoller Blindheit besteht.

Auf Englisch bestelle ich einen Americano und frage mich, warum man eigentlich immer eine Tasse Kaffee bestellt, wenn man bloß irgendwo in Ruhe sitzen will. Warum kann man nicht bestellen: Einmal Acht-Minuten-auf-unbequemen-Holzstühlen-Sitzen ohne Angesprochen-Werden mit Einmal-auf-die-Toilette-Gehen, bitte? Der Kaffee ist ein Parkschein, den man trinken kann.

Vier Senioren sitzen am anderen Ende der Terrasse. Rüstig, ein Wort mit Kupfergeschmack. An ihren Stühlen lehnen Nordic Walking Sticks. Was für ein Glück muss es sein, wenn man ergraut in Portugal rumhängen kann, die Sonne scheint, man hat jemanden, der einen begleitet, und es gibt Spazierstöcke, die einen im Sand stützen! Die vier sprechen deutsch. Ungeniert höre ich zu.

»Wir sind jedes Jahr mindestens drei Wochen hier. – Ja, wir auch. Dieses Mal sogar vier. – Wir bleiben bis nach Silvester. – Wir fahren bald nach Olhão. Das ist bei Faro. Da müssen Sie auch mal hin. – Ist der Kaffee da gut? – Oh, der Kaffee ist sehr gut. Sie müssen Galão bestellen. – Wie schreibt man das? – Keine Ahnung, wie man das schreibt. Wenn Sie in Olhão sind, gehen Sie an den Hafen, da ist ein Café, da setzen Sie sich hin und sagen Galão, wunderbar! – Ja, das machen wir.«

Dann steht der Mann mit der Hornbrille auf, bleibt an meinem Tisch stehen und deutet auf den Rest meines Käsesandwiches. Ob das gut sei, will er auf Englisch wissen.

»Probieren Sie mal«, erwidere ich auf Deutsch, »ich schaffe das eh nicht mehr.«

Er zögert, aber weil er vielleicht zu alt ist, um sich zu genieren, nimmt er es in die Hand, beißt ab, kaut und sagt mit noch vollem Mund: »Oh, der Oregano ist aber gut!«

Ich lächele, weil wir uns einig sind, obwohl wir uns gar nicht kennen.

»Wo kommen Sie denn her?«, fragt er.

»Aus Berlin«, sage ich.

»Ah, die Berliner Luft«, sagt er, und ich verkneife mir die Bemerkung, dass die Luft in Berlin mit die schlechteste in ganz Deutschland ist.

Mein Großvater fragte früher auch immer: »Wo kommst du denn von weg?« Ich wurde das bei den anderen Kindern nie gefragt. Aber ihm war es wichtig. Menschen waren Landkarten. Er wollte wissen, wie die Eltern meiner Schulkameraden hießen, den Mädchennamen der Mutter, wo sie wohnten, mit wem sie beruflich zu tun hatten, bis er jemanden fand, den auch er kannte, um dann zu sagen: »Ach, der Heini aus Holtensen, mit dem bin ich zur Schule gegangen. Der hat nach Groß-Lyhren geheiratet, eine Riechers, und der ihre Schwester hat einen Sohn, und das ist dein Vater? Nein, Onkel? Na, das ist ja ein Ding.«

Wurde ich als Kind gefragt: »Wo bist du denn zu Hause?«, musste ich immer erst eine Zehntelsekunde überlegen. Die Tankstelle war mein Zuhause. Dort lebten wir, dahin kehrten wir jeden Tag zurück, aßen, redeten, spielten, obwohl, nein, die Erwachsenen spielten nicht, sie arbeiteten. Der Bungalow war das Haus, in das wir abends fuhren, meine Eltern und ich. Erst meine Mutter mit mir im Auto. Mein Vater folgte uns etwas später, zu Fuß oder in einem anderen Wagen. Meistens fuhr er. Die Distanz zwischen den beiden Orten betrug nur etwa 600 Meter, aber sie wollten ihre Autos »zu Hause« parken.

F. Scott Fitzgerald hat mal geschrieben, dass in einem Roman Orte wie Tankstellen schnell vergessen werden, weil sie mit dem Nichts verschmelzen, sobald man sie beschrieben hat. Unsere war eine Shell. Eine riesige gelbe Muschel hing an einem Mast. Ich war als Kind unglaublich stolz auf diese Muschel – damals wusste ich noch nichts von Exxon Valdez und anderen Umweltskandalen. Für mich war die Muschel das Wappen eines exklusiven Clubs, in dem nur wir Mitglied waren: mein Vater, meine Mutter, meine Großeltern und ich.

In den Siebzigerjahren erkannte man unseren Hof an der Muschel und dem großen weißen Tankstellendach. Es gab dort drei Zapfsäulen für Benzin und Diesel, eine Pumpe für Zweitakterbenzin, wir hatten eine Waschhalle, zwei Garagen, eine alte Hufschmiede, eine Elektrowerkstatt, einen Laden für Lampen und Elektrogeräte, und wegen des konstanten Stroms an Menschen, die mit ihren Autos, Traktoren, Motorrädern und Mofas auf unseren Hof und wieder wegfuhren, war für mich die Tankstelle der Ort, an dem das Leben stattfand.

Als Kind spielte ich dort mit Phasenprüfern, Lüsterklemmen, Kabeln und Blechautos. Ich machte Tankdienst, das hieß, ich bewachte im Tankbüro die silberne Kladde, in der die Dorfbewohner anschrieben. Dort notierten sie, was sie getankt hatten, und einmal im Monat kamen sie zum Bezahlen. Ich verkaufte Keilriemen, Zündkerzen, Glühbirnen, Starterkabel, Scheibenwischer und Motoröl. Gelegentlich wusch ich Autos, putzte Scheiben, pumpte Zweitakter, und an Sonntagen verkaufte ich die *Bild am Sonntag*, die auf einem Nierentisch im Tankbüro auslag. Noch heute, wenn ich eine Lampe anschließe oder wenn es irgendwo nach Benzin riecht, spüre ich ein wohliges Ziehen im Bauch, das man mit Heimweh verwechseln könnte.

Auf die Frage nach meinem Zuhause antwortete ich als Kind also: »Auf der Tankstelle.« Das muss meiner Mutter einen kleinen Stich gegeben haben, denn der Bungalow war ihr Reich. Makellos, modern, voll mit den neuesten Garten- und Küchengeräten, Marmor- und Parkettfußböden, einem Kamin, der nie brannte, hellen Tapeten in Gold und Weiß und Blau, umgeben von einem gepflegten Garten und mit Blumenkästen, von denen knallrote Geranien hinabhingen. Meine Eltern hatten sogar einen Swimmingpool im Keller geplant, den sie aber wegen der Ölkrise nie fertigstellten. Abgesehen von dem großen Loch im Keller war mein Elternhaus wie jemand, der sich schön gemacht hatte und darauf wartete, ausgeführt zu werden. Ich durfte in der Küche nichts anfassen. Schuhe mussten unten am Eingang ausgezogen werden, und oft, wenn ich eine Tür hinter mir schloss, hörte ich von draußen ein quietschendes Staubtuch – das war meine Mutter, die unsichtbare Fettabdrücke wegwischte. Ich werde niemals diese Putzmanie erben, schwor ich mir damals. Und heute? Alles liegt parallel auf meinem Schreibtisch, ich mache keine Haufen, halte Ordnung. Ich werde nervös, wenn ich nicht weiß, wo die Dinge liegen.

Wachte ich morgens auf, war mein Vater bereits in der Werkstatt, mein Großvater an der Tankstelle, meine Großmutter deckte für uns den Frühstückstisch, und meine Mutter und ich fuhren die 600 Meter mit dem Auto talwärts. Von dort aus ging ich zu Fuß zur Schule. Mittags wärmte man mir das Essen auf, denn auf dem Land aß man Punkt zwölf, nicht um zwei, wenn ich aus der Schule kam, genauso wie es Kaffee immer um vier gab.

Worauf ich aber hinauswill, ist: Schon früh fand mein Leben zwischen zwei Orten statt, das will ich damit sagen. Im Dazwischen.

Nachdem die Tankstelle verkauft worden war, gewöhnte ich mir ab, durchs Dorf zu fahren, und nahm Umwege in Kauf, nur um nicht sehen zu müssen, wie das Haus und der Hof langsam verfielen. Der neue Besitzer riss sie irgendwann ab. Wo früher das Tankstellendach war, parken heute manchmal Trecker.

Ich gehe zurück zum Paraíso. Es ist schon vier Uhr nachmittags, und ich habe noch nichts getan, außer heute früh die Vögel zu füttern, Strandgut zu sammeln, in der Gegend rumzulaufen und Gedanken zu haben. Mit einem brummenden Knirschen öffnet sich das elektrische Tor und gibt den Blick auf das leere Hotel frei. Die wurmartigen braunen Nadeln der Araukarie säumen das Pflaster der Auffahrt. Still liegt das Gebäude in einer Wanne aus Rauschen. Ist jemand drin? Man weiß es nicht.

Ein schwarzer Fellblitz schießt aus dem Gebüsch und rennt auf mich zu. »Otto!«, rufe ich erfreut und sehe João auf mich zukommen, unterm Arm eine große Tasche. Otto springt an mir hoch.

»Hier ist sein Zeug«, sagt João und hält mir die Tasche hin. In ihr befinden sich Noppenbälle, Futter, Näpfe, Decken, eine Leine und ein nacktes Plastikhuhn, das aussieht, als wäre ein Auto drübergefahren.

»Das ist Frango«, sagt João, »er liebt dieses Huhn. Wenn er Angst hat, holt er Frango. Wenn er sich freut, holt er Frango. Wenn er jemanden mag, holt er Frango.«

»Frango«, wiederhole ich und denke, wie schön es sein muss, wenn einem ein Huhn alles ist.

Dann drückt João mir einen Zettel in die Hand, auf dem die Besitzerin notiert hat, auf welche Vokabeln Otto hört. Es ist eine Mischung aus Deutsch, Englisch und Portugiesisch. *Chega* heißt Aus. *Fica* heißt Bleiben. Er frisst gerne Austern und Stinkekäse. Einiges ist bei ihm verkehrt herum. Sagt man Platz, macht er Sitz. Sagt man Sitz, macht er Platz.

»Du bist also auch ein Rechtslinksverwechsler«, sage ich.

Otto wedelt mit dem Schwanz. Mit einem Mal rasen mir Fragen durch den Kopf. Fragen, an die ich zuvor so noch gar nicht gedacht habe. Was, wenn er wegläuft? Was, wenn er wegläuft und nicht wiederkommt? Was, wenn er wegläuft und sich was tut? Was, wenn er mich nicht mag?

Kurz darauf lerne ich, dass Gassigehen bei ihm nichts mit dem Prinzip »Frauchen sagt, wo es langgeht« zu tun hat.

Ich rufe: »Chega!«, er hört nicht.

Ich rufe: »Fica!«, er ist offenbar taub.

Ich brülle: »Otto!«, und sehe mich: eine Deutsche, die in Portugal durch ein Dorf läuft und »Otto« schreit.

Er zerrt mich die Straße hinab, vorbei an den verrammelten Apartmenthäusern, an den leeren Hotels, macht mal hierhin, dann wieder dorthin, kugelt mir durch rasche Richtungswechsel fast den Arm aus, als würde ihn die vertraute Umgebung verrückt machen, als würde er alles auf einmal in einem hektischen Zickzackkurs markieren wollen. Nie hätte ich gedacht, was für eine Kraft in so einem Hund steckt. Aus Angst, ihm durch heftiges Zurückzerren am Hals wehzutun, lasse ich mich durch den ausgestorbenen Urlaubsort ziehen. Als es rechts zum Paraíso geht, will er geradeaus, die Nase an den

Büschen, an den Ecken. Aber es reicht. Ich bleibe stehen, und er erdrosselt sich fast durch den heftigen Ruck. Er trottet zurück, setzt sich hin und hechelt, als wär nix.

Als das elektrische Tor sich später hinter uns schließt, nehme ich ihm die Leine ab. Sofort rennt er wie ein Irrer zwischen den Bäumen hindurch, rast zu mir zurück, umrundet erst mich, dann ein Orangenbäumchen, wirft sich auf den Rasen, rekelt sich auf dem Rücken, springt wieder los, rennt hinter das Spa-Gebäude, kommt zurück, einen gelben Noppenball in der Schnauze, hopst einmal in die Luft, der Ball macht Quiek, und in diesem Moment begreife ich, dass Menschen Hunde halten, weil es sie immer daran erinnert, Spaß zu haben.

Bei uns zu Hause durften sich Katzen und Hunde nicht blicken lassen. Kam mal eine in den Garten, sprangen die Erwachsenen auf und scheuchten sie fort. Aus irgendwelchen Gründen waren alle außer mir vom Stamm der Katzenhundehasser. Es hatte vielleicht, nein, ganz sicher, etwas mit dem Krieg zu tun.

Ich höre meine Schritte auf dem mit Plastik ausgelegten Flur. Otto trottet hinter mir her. Wir gehen ein Stockwerk nach oben, wieder nach unten. Alle Spiegel sind verhängt, auf den Kommoden stehen leere Vasen. Ich höre das Rauschen des Meeres und lausche. Ein leeres Hotel atmet nicht. Ein leeres Hotel wartet.

»Wenn du die Zimmer lüftest, lass nachts das Licht brennen«, hat die Besitzerin gesagt. »Nimm immer andere Zimmer und geh zu unterschiedlichen Zeiten. Nachts kommt manchmal ein Nachtwächter, aber der macht seine Kontrollgänge auch nie zur selben Zeit.«

Ich hole aus dem Direktionsbüro die Schlüssel für drei

Zimmer im Erdgeschoss, die Nummer 7, die Nummer 3 und die Nummer 2. In den Zimmern ist es schummrig, auf den Matratzen stapeln sich Polster. Jedes der Zimmer ist in diesen Beige-, Braun- und Weißtönen eingerichtet, nur die Bäder sind bunt: türkis, orange, blau und gelb. Sie sind mit Azulejos gefliest, jenen Kacheln, die ihren Namen und Ursprung der maurischen Kultur verdanken. Früher wurden sie hier im Land hergestellt, gebrannt und glasiert. Heute kommen sie mit dem Schiff aus einer Fabrik in Marokko, das weiß ich von der Besitzerin.

Der blanke Terrakottaboden muss sich im Sommer herrlich kühl anfühlen, wenn es draußen heiß ist, so heiß, dass man auf der Terrasse im Schatten sitzen und unter den Bougainvilleen und dem Efeu Eistee trinken will. Man sitzt dann dort, vielleicht mit einem Sonnenhut mit breiter Krempe, ein Buch auf dem Tisch, zu müde, um zu lesen, und misst die Sekunden in Wellen.

Ich öffne die Terrassentüren. Licht und Rauschen brechen herein, gefolgt von kühler Luft. Ich lege mich aufs Bett. Otto setzt sich auf den Fußboden. Was erfüllt ein Zimmer, wenn es leer ist? Oder ist es gar nicht leer? Sind die Erinnerungen von Gästen noch hier, nur unter das Sofa gekullert oder in Ecken verschwunden, wie verlorene Ohrringe oder Zettel oder abgeschnittene Fußnägel? So wie Kinder, die man vergessen hat und die dann plötzlich ein anderes Leben bekommen, eins, in das sie nicht hineinpassen, in das sie hineinwachsen müssen, weil es an den Füßen zu klein und an den Schultern zu weit ist?

Meine Großeltern waren als Kinder zu Fuß zehn, fünfzehn Kilometer ins nächste Dorf zur Schule gelaufen. Später, nach dem Krieg, als Reisen möglich waren, fuhren sie mit dem Bus nach Bad Salzuflen oder mit der Kriegsgräberfürsorge nach Verdun. Meine Eltern sehnten sich nach Italien, aber jeden Sommer fuhren wir an die Ostsee und jeden Winter in den Harz. Nie so weit weg, dass man nicht innerhalb kurzer Zeit wieder nach Hause konnte. So wie man von der Badeinsel nicht zu weit hinaus ins Meer schwimmt. So verreiste ich, bis ich siebzehn war. Wäre aus mir eine berühmte Philosophin geworden, hätte man mich vielleicht irgendwann gefragt: »Sie hatten als Kind also keine Vorstellung von der Fremde?« Und ich hätte geantwortet: »Im Gegenteil, ich hatte mehr als einen Ort, an dem ich mich nicht zu Hause fühlte.«

Ich habe das mit dem Reisen später nachgeholt. Manche würden sagen, ich habe es übertrieben. Immer stellte ich mir vor, ich nähme sie alle mit. Das tue ich heute noch, auch wenn ich nicht mehr so oft reise. Ich sehe aus dem Flugzeugfenster, und sie schauen mir über die Schulter. Meine Eltern, meine Großeltern, meine Großtante und mein Großonkel. Als wären sie alle noch da. Das beruhigt mich. Ich mache mir in meiner Vorstellung ein Heim, ein bewegliches Heim.

Man muss außerdem nicht von sich selbst reden, wenn man von der Fremde spricht. Man sagt nicht: Ich bin wer anders, sondern: Ich war woanders. Und so und so sah das da aus, und so und so hat sich das angefühlt, und diese Düfte gab es und jene Geschmäcker. Warm war es auch, oder eben ein bisschen kühl. Und wie es da klang!

Man spricht vom Knistern, das aus dem feuchten Gras aufsteigt, wenn morgens die Sonne über dem Free State aufgeht.

Von dem ohrenbetäubenden Krach auf einer Insel vor der Küste Australiens, auf der zweihunderttausend Vögel leben – und kein Mensch. Wie es in den Ohren schubbert und bubbert, in zwanzig Metern Tiefe im Golf von Thailand, im Angesicht eines Drückerfisches. Vom dumpfen *Badaboum* der Nilpferde an einem reißenden Fluss im Selous. Von den Violinen beim Tanz der Bauern in Porto, hoch oben auf einer Steinterrasse mit Blick auf den Douro. Von Hummeln, die an ein Fenster fliegen, irgendwo in der Mitte von Shikoku.

Ich vermeide es, mit einem Rucksack zu reisen. Rucksäcke sind unübersichtlich, alles darin zerknautscht, und sie weisen einen sofort als jemanden aus, der keinen Wert auf ein komfortables Bett legt. Man wird ganz anders behandelt mit einem Koffer. Wochen vor jeder Reise fange ich mit dem Packen an. Nicht in Wirklichkeit, in meiner Vorstellung. Ich stelle mir Situationen vor, sehe mich in einem ranzigen Club, einer schicken Bar, im Regen beim Wandern, bei einer Reifenpanne, morgens beim Frühstück auf einer Terrasse mit Blick aufs Meer.

»Du kaufst im Winter schon einen Tropenhut für den Sommer«, sagte Jonas einmal lachend (was stimmte).

»Packen macht Spaß«, erwiderte ich.

»Nein«, sagte Jonas, »Packen macht Kopfweh.«

»Du stellst dir alles Mögliche vor«, erklärte ich ihm. »Dein Endgame ist: Für wie viele Gelegenheiten kannst du dich mit acht Kilo Gepäck kleiden, ohne unterwegs etwas Neues zu kaufen?«

»Wieso acht Kilo?«

»Oder neun, ist doch egal. Du musst in Farbwelten denken. Kombinieren. Dir ein Leben vorstellen, seine Eventualitäten.

Was alles passieren kann, die Orte, die Überraschungen. Das ist wie hundert Mal verreisen, nur vorher.«

»Kannst du in Zukunft bitte meinen Koffer packen?«, fragte Jonas.

Durch die kleinen Vierecke aus Holz leuchten der grüne Garten und das goldene Licht des Nachmittags. Ich könnte hier etwas vergessen. Ich könnte einen Teil von mir hierlassen, und der würde auf mich warten, bis ich ihn abhole.

Kurz bevor ein Soufflé fertig ist, wenn die Kartoffeln vom Herd müssen, es an der Zeit ist, ein Schnitzel zu wenden, sodass die Panade nicht zerfällt, aber doch gar und knusprig am Kalbfleisch hängt, regt sich etwas in mir. Es gibt Leute, die behaupten, sie wachen immer genau fünf Minuten vor dem Wecker auf. Ein Bekannter kann spüren, dass gleich das Telefon klingeln wird. Bei mir sind es Kuchenböden, die durch sind. Milch, die beginnt zu schäumen. Ein Roastbeef, das in der nächsten Minute aufhört, innen rosa zu sein. Es ist, als würde ein Teil von mir in untrennbarer Wachheit an der Stelle stehen bleiben, an der etwas kocht, backt, schmort oder gerade überkochen will. Dieser Teil ruft dann: *Jetzt komm, schnell*, und ich eile zurück zum Herd. Vielleicht ist es nicht nur beim Kochen so. Vielleicht warten verschiedene Versionen von mir noch heute am Bahnhof auf den Nahverkehrszug. Sie sitzen an Restauranttischen und warten auf Männer, die es nicht wert sind. Eine winzige Version von mir liegt vielleicht noch immer auf der Kinderstation und wartet.

Auf der Karteikarte des Krankenhauses, in dem ich die ersten Tage meines Lebens verbrachte, notierte die Hebamme in der Spalte »Vermerke«: »lieb und brav«. Meine Eltern hatten sich auf dem Weg in die Klinik noch gegenseitig versichert, dass sie sich einen blonden Jungen wünschten, der Michael heißen sollte. Doch als meine Mutter mich sah, drehte sie sich zu meinem Vater um und sagte: »Die oder keine!« So wurde mir das später erzählt.

Vor ein paar Jahren machte ich in einem Aufnahmestudio die Bekanntschaft eines Mannes, der mir erzählte, er sei ebenfalls als Baby adoptiert worden. Doch nach zehn Monaten gaben ihn die Eltern wieder zurück. Ein zweites Paar nahm ihn auf. Sie behielten ihn, bis er zwei war. Die dritte Familie, die ihn aufnahm, gab ihn mit dreieinhalb Jahren ans Kinderheim zurück, und da ist er dann geblieben. Das muss man sich mal vorstellen. Das kann man sich eigentlich gar nicht vorstellen.

Ich stehe auf, lasse in Nummer 7 das Licht brennen und mache mit Otto einen Kontrollgang durch den Garten ums Haus. Es rauscht hinter den hohen Hecken, ein feuchter Film liegt auf den gepflasterten Wegen. Otto läuft vor mir her, rennt immer mal wieder um ein Bäumchen, wirft sich hin, rekelt sich und lässt sich vom Rasen den Rücken kratzen. Ich betrachte sein hingebungsvolles Gerekel nicht ganz ohne Neid.

Es kann einen tüchtig verwirren, im Ausland zur Vorweihnachtszeit übermüdet in einem Supermarkt herumzulaufen, wo man sowieso erst mal nicht weiß, ob das Brot vor oder nach den Eiern kommt, ob Sour Cream neben der Milch oder dem Joghurt steht oder wo sich der Senf versteckt.

Anstatt zu finden, was man braucht, und den Rest zu übersehen, so wie zu Hause, fällt mir alles gleichzeitig ins Auge. Nadja nennt das Dosensturz, wenn sie unter Reizüberflutung leidet, meistens überfällt sie das in Schuhläden. Hier bei Apolónia ist es, als wäre ich in einen unaufgeräumten Bottich mit essbarem Kinderspielzeug geworfen worden, zudem hängt alle naselang irgendwo ein blinkender Stern, ein glitzernder Baum oder ein beweglicher Weihnachtsmann. Der viele Glitter und die Plastikbäume sehen aus wie exotische Dinge von einem fremden Planeten. Minutenlang starre ich in eine Auswahl rosa-silberner und lila-goldener Girlanden, bis mir Otto einfällt, der draußen am Fahrradständer wartet. Obwohl, wartet er auch? Eilig suche ich was zusammen und werfe meine Einkäufe in den Wagen.

Otto liegt noch da, wo ich ihn eben zurückgelassen habe. Offenbar kennt er das: warten. Wir spazieren zurück, er trottet neben mir her. Über dem Horizont leuchtet es gold-rot. Auf den Klippen sind Menschen. Sie sitzen, stehen, trinken aus Flaschen und Bechern. Hunde springen um sie herum. Es ist wie überall. Am Meer gucken alle immer nur in eine Richtung. Die Surfer, die Spaziergänger. Die Kaffeetrinker. Nie sitzt einer mit dem Rücken zum Ozean. Alle betrachten den Horizont. Diesen schmalen, feinen Streifen Blau, der das Wasser davon abhält, in den Himmel zu laufen.

Artig sitzt Otto vor der Tür der Personalküche, weil er weiß, er darf hier nicht rein. Auf dem Teller vor mir dampfen Kartoffeln, in der Schale daneben ist Joghurtdip, dem Sumach fehlt.

Wenn Jonas kocht, gibt es Pilze oder Spaghetti mit Tomatensoße. Huhn mit Maggifix. Uncle Ben's Reis mit Erbsen. So was. Ich esse alles. Es heißt ja, dass man von dem geprägt wird, was die Mutter gegessen hat, als sie mit einem schwanger war. Ich mag die Idee, diese Art Chemie der Vergangenheit. Ich weiß zwar bis heute nicht, was meine Mutter gegessen hat, als sie mit mir schwanger war. Aber ich mag beides, Reis und Sauerkraut. Was ja an und für sich eine prima Sache ist. Damit kommt man durchs Leben.

Ich gebe Otto einen Napf Futter, setze mich mit meinen Joghurtkartoffeln an den langen Tisch im Personalbereich und male mir beim Essen aus, wie es hier wohl zugeht, wenn Betrieb herrscht. Der großen Pinnwand nach zu urteilen sind in der vergangenen Saison viele teure Gläser zu Bruch gegangen. Ich stelle mir vor, wie Leute in Kitteln herumrennen, die Kaffeemaschine brummt, Türen gehen auf und zu, Gläser zerdeppern, in der Hauptküche brüllt jemand – aus verschiedenen Quellen weiß ich, dass Köche oft brüllen.

Einmal war ich anlässlich des Schauspielpreises zu einem Empfang in ein Sternerestaurant eingeladen. Der Koch war berühmt. Es hieß, er sei Choleriker, aber Soßen könne er. Als ich zu den Toiletten runterging, sah ich ihn. Er stand mit dem Rücken zu mir, sprach mit seinen Mitarbeitern, die ihm schweigend zuhörten. Dann machte er eine wegscheuchende Handbewegung und sagte laut: »Ab!« Das ist mir in Erinnerung geblieben. Dass er seine Mitarbeiter fortscheuchte wie Hunde. Das Essen war allerdings sehr gut – in Michelinsternrestaurants darf man nicht *lecker* sagen. Man muss sagen *sehr gut. Vorzüglich. Ausgezeichnet. Fein. Herrlich. Außergewöhnlich. Raffiniert.* Nur nicht *lecker*. Man ruft einer Ballerina, die sich gerade für einen das Herz aus den Füßen getanzt hat, ja auch nicht zu: »Boah, geiler Hopser!« Obwohl.

Als ich Jonas ein paar Wochen kannte, nahm er mich mit zu einer Dinnerparty seiner Mutter. Es heißt ja, in den ersten Zehntelsekunden einer Begegnung weiß man alles. Dann setzt das Denken ein und begräbt diesen ersten Eindruck, der eigentlich das Wahre ist. Als ich seine Mutter das erste Mal sah, dachte ich: Die ist irre. Und Lily muss gedacht haben: Was will er denn mit der?

Sie umarmte mich rasch und fest, schob mich von sich weg, und ein Teil ihrer Augen – nur ein Teil, Frauen können das – betrachtete mich wie einen Fehlkauf, den man umtauschen will. Ich bereute sofort die Cargohose, den unordentlichen Dutt, die Turnschuhe – alles. Von wegen, Mama ist total entspannt. Mama, die eigentlich Helga hieß, aber von allen Lily genannt werden musste, hatte Kulleraugen, die Haut einer Vierzigjährigen und wog so wenig wie ich zuletzt mit Mitte zwanzig. Sie trug einen Kaftan aus verschiedenfarbiger Seide in Ocker und Rostrot. Ein breiter brauner Ledergürtel betonte ihren nicht vorhandenen Bauch. An ihren Ohren baumelten mit Lapislazuli verzierte ethnische Gehänge. Sie war so appetitlich, so zierlich, so präsentabel. Ich fühlte mich wie abgelaufener Joghurt.

Sie zog mich durch den Flur in ein großes Wohnzimmer voller Menschen. »Komm mit«, sagte sie, »ich will dir jemanden vorstellen«, so wie Gastgeberinnen immer sagen, »komm mit, ich will dir jemanden vorstellen«, dabei könnten sie auch sagen: »Jetzt geh mir nicht auf den Sack und unterhalte dich gefälligst mit irgendwem und verbreite gute Laune, sonst ist die Party im Arsch, wozu habe ich hier geputzt und den ganzen Schampus gekauft.«

Sie stellte mich *Du liest doch so gern* dem Leiter der Literarischen Gesellschaft vor, einem mürrischen Typen um die vierzig, damit der mit mir über die neue Stefan-Zweig-Ausstellung sprechen konnte, was er nicht tat. Stattdessen hielt er einen Vortrag darüber, dass man seit der allgemeinen Autofiktionalisierung nichts mehr vom europäischen Roman erwarten könne. Ich hätte gerne angemerkt, dass Autofiktion schön war, wenn sie verschachtelt war, wenn man sie lesen konnte wie eine Fuge von Bach oder ein Drum-'n'-Bass-Stück von LTJ Bukem. Ein ungarischer Künstler stand schweigend zwischen uns und betrachtete unter buschigen Augenbrauen den Inhalt seines Bierglases. Ich wünschte, ich hätte auch buschige Augenbrauen oder käme wenigstens aus einem Land, in dem die Leute kein Deutsch sprachen, damit auch ich nichts sagen musste, bis mir einfiel, dass nicht wenige Menschen in Ungarn Deutsch sprachen. Als ich Jonas endlich erspähte, unterhielt er sich in einer Ecke, und ich bewunderte mal wieder seine Einsatzfähigkeit in allen Lebenslagen. Er war so freundlich zu seinen Mitmenschen. Als sein Blick meinen traf, zwinkerte er. Wie konnte eine Frau wie Lily nur so einen netten Sohn hervorbringen?

Ich öffne Silberrücken, stelle den Joghurtdip hinein, decke die überschüssigen Kartoffeln zu und wasche ab. Selbst jetzt, nachdem ich etwas gekocht habe, fühle ich mich in dieser Küche nicht wohl. So verkehrt wie in den schicken Wohnküchen von Freunden, in denen man immer an irgendwelchen Tresen steht und irgendwem beim Schnippeln zusieht, als wäre man Gast in einer Kochshow.

Die Küche, in der ich kochen lernte, war ein schmaler Schlauch, klein wie eine Kombüse und lag an der Tankstelle zwischen dem Wohnzimmer und der Waschküche. An einem Ende befand sich ein kleines Fenster, darunter die Spüle, rechts am Eingang die Herdplatten, links eine kleine Arbeitsfläche. War man ein bisschen runder, so wie meine Großmutter, stand man am Herd und stieß sich beim Bücken den Hintern beinahe am Kühlschrank. Die Gewürze befanden sich auf Stirnhöhe. Die meisten Vorräte lagerten im Keller, die Gefriertruhe stand in der Waschküche, deren Fenster auf die Wiese von Bauer Luersen zeigten. Dort verrichteten wir Arbeiten wie massenweise Erbsenpulen, Spargelschälen, Obstentkernen oder Grünkohlputzen unter der gelegentlichen Beobachtung von Luersens Kühen. Als Kind war ich sehr gut im Essen, besonders gut konnte ich Süßigkeiten. Doch in der Küche meiner Großmutter lernte ich Spiegeleier, Panieren, Mehlschwitze für Schwarzkohl und Kohlrabigemüse, gedeckten Apfelkuchen, dünne Pfannkuchen, Vanillesoße aus Dr. Oetker Puddingpulver, Senfeier, Buntes Huhn (ein Eintopfgericht ohne Huhn), warmen Kartoffelsalat mit Speck, Heringssalat mit Roten Beeten, Grünkohl mit Bregenwurst, Rouladen mit Knust, so hieß das Ende eines Graubrotes, das als Ersatzroulade in die Soße gegeben wurde, falls nicht genug Fleisch für alle da war. Und ich lernte, dass es niemals, unter gar keinen Umständen eine Steckrübe in die Nähe dieser Küche schaffen durfte, denn mein Vater hatte geschworen, er wollte in seinem Leben nie mehr dem Duft von Steckrübenmarmelade mit Kümmel begegnen, was wiederum ganz sicher mit dem Krieg zu tun hatte. Bis heute weiß ich nicht, wie eine Steckrübe schmeckt.

Wenn im Februar die Mitarbeiter einer nach dem anderen in das Hotel zurückkehren, kommt auch Dona Alda, die portugiesische Personalköchin, die während der gesamten Saison für alle das Mittagessen zubereiten wird. Es gebe dann hier Bacalhau, Kartoffeleintopf, Wurst mit Bohnen, gegrillten Fisch, hat mir die Besitzerin erzählt. Doch an den Abenden gehöre die Küche den Mitarbeitern. Sie kämen leise durch die Tür zum Garten und räumten immer alles ganz sorgfältig auf, damit sie nicht am nächsten Morgen einen Rüffel von Dona Alda erhielten, mit der war nicht zu spaßen. Der Duft, der an diesen Abenden durch den Garten zog, war unbeschreiblich. Es duftete nach pakistanischen Kartoffelcurrys. Afrikanischen Eintöpfen. Der israelische Gärtner konnte einen Auberginendip zum Niederknien, und einmal war hier ein persischer Koch, der machte Fesenjan, ein Schmorgericht mit Huhn, Granatäpfeln und geriebenen Walnüssen.

»Am liebsten würde ich Chef feuern und die Mitarbeiter kochen lassen. Aber das geht nicht«, sagte die Besitzerin. »Die Gäste wollen Chef. Er ist ein Genie.«

Wir gehen nach oben, Ottos Tatzen tapsen auf der Steintreppe. Ich fülle seinen Napf mit Wasser, lege ihm eine Decke hin und Frango darauf. »So, Otto. Da schläfst du jetzt.«

Otto guckt mich an und legt sich neben die Decke auf die Kacheln vor den Teppich. Ich nehme die Decke noch mal hoch, er steht auf. Ich lege die Decke dahin, wo er eben gelegen hat. Er guckt mich an und legt sich neben die Decke. Ich wiederhole es noch einmal, und wieder legt er sich neben die Decke. »Dann eben nicht«, sage ich und versuche, ein Foto von uns zu machen, aber als ich abdrücke, dreht er den Kopf weg, als wäre er irgendein Promi. Ich schreibe Jonas, dass nun jemand Berühmtes auf mich aufpasst, schicke das Foto, und er antwortet mit einem Foto von seinen bestrumpften Füßen vor unserem Fernseher. Offenbar läuft gerade irgendeine Gartensendung. Seltsamerweise macht mich das froh.

Die Besitzerin hat mir ein Buch dagelassen. Es heißt *Unvernünftige Gastfreundschaft*, ist vom Manager des angeblich besten Restaurants der Welt und geht mir schon nach wenigen Seiten auf den Keks. Es liegt nicht am Stoff. Es sind interessante Memoiren, und man erfährt etwas über das New York der Neunzigerjahre. Es liegt auch nicht an seiner Methode, die er »unvernünftige Gastfreundschaft« nennt, dieses »für seine Gäste mehr zu tun, als sie erwarten«. Es ist ein bisschen psycho, aber warum nicht: Vorher alles über den Gast herausfinden, wonach sehnt er sich, hat er gerade etwas verpasst, verloren, einen Lebenstraum, eine süße Schwäche? Und dann kommt man – tada – mit einer kleinen Überraschung um die Ecke, irgendwas Winziges, das dem Gast zeigt: Ich habe nicht nur für dich gekocht, ich habe mich stundenlang mit dir befasst. Nein. Es ist etwas anderes: Ich verstehe Gastfreundschaft nicht.

Bei uns zu Hause kamen Gäste noch seltener vor, als gewaltige Büffelherden durchs Wohnzimmer stürmten. Das lag vielleicht daran, dass tagsüber an der Tankstelle so viel los war, dass sich meine Eltern abends von dem Tamtam erholen wollten.

Von meinen Genen her müsste ich mich freuen, wenn jemand spontan vorbeikommt, Hunger hat oder Kinder im Schlepptau, die Schwung in die Bude bringen und das Wohnzimmer umsortieren. Tue ich aber nicht. Ich finde, die beiden

Worte Gäste und Freundschaft gehören nicht automatisch zusammen, und ich fürchte, das ist ein Defekt. Ich finde Gäste oft lästig, gebe das aber ungern zu, denn das verleiht einem immer etwas Asoziales. So nach dem Motto: *Du? Läuse? Nein! Du doch nicht.*

»Wie hält man die aus?«, fragte ich die Besitzerin, als wir im Oktober am Kamin saßen, abseits des Speisesaals.

»Die Gäste?«, fragte sie mit dem Blick auf die Menschen an den Tischen.

»Ja«, sagte ich.

»Es ist eine Sucht«, sagte sie nach etwas Überlegen. »Es ist die Sucht, einen anderen glücklich zu machen.«

Ich muss entsetzt ausgesehen haben, denn sie lachte.

»Wenn es dir gelingt, dass die paar Stunden, die sie bei dir verbringen, zu einem echten Geschenk werden, das sie nie wieder vergessen ... Wenn sie beim Abschied vor dir stehen und vor Glück Tränen in den Augen haben ... Dieses Vergnügen, das das in dir auslöst, das ist dein Lohn. Und einen Gast *umzudrehen* – aus einem alten Knatterkopf einen lächelnden Menschen zu machen –, das ist unvergleichlich.«

Ich dachte an die vielen unangenehmen Menschen, denen ich auf Reisen begegnet war, junge wie alte, weiblich, männlich, Kinder.

»Können Kinder auch Knatterköpfe sein?«

Die Besitzerin lachte: »Gerade die.«

»Vielleicht«, sagte ich, »ist jeder Reisende auf seine Art unglücklich, denn er nimmt ja sich mit. Seine Ängste, Allergien, Neurosen, Vorurteile, Befindlichkeiten, die Familie, die Hühneraugen, Albträume, Sorgen, gelegentlich Arbeit, einen Tripper ...«

»So in etwa«, nickte sie, »nur ohne den Tripper.«

Während ich auf dem Sofa liege und vergeblich versuche, das Buch zu verstehen, beobachte ich aus den Augenwinkeln Ottos Wanderung. Vorhin döste er neben der Decke. Dann trottete er zur Terrassentür und ließ sich dort nieder. Von dort kam er zurück zum Sofa, lehnte seinen Oberkörper dagegen und streckte die Beine nach oben, knickte die Läufe dabei ein. Eben ist er aufgestanden. Jetzt schnarcht er auf dem Terrakottafußboden vor der Tür.

Ich hätte das filmen müssen. Stattdessen stehe ich auf, putze mir die Zähne, lege mich ins Bett. Kurze Zeit später schaue ich runter. Da liegt er neben mir auf der Stoffmatte, halb auf dem Rücken, die Beine quer vor sich.

»Was ist, Otto?«, frage ich.

Rammdösig hebt er den Kopf, guckt stumm und legt ihn wieder ab.

Schlafen alle Hunde so? So überall?

Am nächsten Morgen zerrt mich Otto von einer Sandkuhle zu einem imaginären Stein, dann umrunden wir einen Haufen Algen. Er schnüffelt, hebt das Bein, zerrt weiter. Eigentlich wollte ich den gleichen Weg wie gestern gehen, aber ein Geradeaus, das gibt es in seiner Welt nicht. Am langen Arm werde ich den Strand hin und her gezogen und frage mich: Brauchen andere Hundebesitzer auch immer so lang? Geht ihnen das nicht irgendwann auf die Nerven? Muss man das mögen? Und wenn ja, warum?

Otto umkreist die Felsen, beschnüffelt Sand, Algen, Muscheln, Steine, Federn. Er macht erneut an einen Felsen, und ich schwöre mir: Nie wieder werde ich mich mit meinem Handtuch an einen Stein legen. Nie wieder. Wusste Frank Zappa schon in den Siebzigern: »Don't eat yellow snow.«

Ich mochte es früher nie, spazieren zu gehen. Das war eine sinnlose Sache. Man ging. Meistens wohin. Aber wer nicht wusste, wohin er ging, ging verloren. Ein Hund aber lädt dieses Nirgendwohingehen auf. Man braucht eine Ausrüstung: Tüten, Leine, Leckerli. Man lernt Gleichmut, denn mit einem Hund kann man sich sein eigenes Wohin sonst wohin stecken.

Irgendwann gelangen wir – dann doch – zum schlafenden Restaurant. Ich setze mich in den Sand und lese ein Buch. Otto kauert sich in den Schatten des Bohlenweges und döst. Nach einer Weile schaue ich hoch. Was für eine Impertinenz, bei dieser Aussicht zu lesen!, ruft das Meer. »Recht hast du«, sage ich und lege das Buch in den Sand.

An Originalität ist das Meer in der Natur kaum zu übertreffen. Keine Welle ist wie die andere. Klingen sie eben noch leise *Brschsch*, werfen sie sich dann, *Gabamm*, an den Strand. Waren da eben noch Wellenkämme, sitzen nun Surfer auf ihren Boards und wippen auf und ab wie wartende Robben. Ständig ändert das Meer seine Meinung, und dadurch, dass es seine Meinung dauernd ändert, gerät man selber in eine Art Spannung. Da, ein nervös zitterndes Netzmuster aus Schaum. Da, dünner Zuckerguss auf den zarten Rauten des Sandes. Da – *Gabamm* – bricht krachend eine Welle, hinten rechts. Und wieder. Hinten links.

War es eben noch still, erzählt jetzt das Meer: *Gschschsch. Karschsch. Bsch. Grrrrrm.* Mit jeder herankommenden Welle schiebt es einen Satz ans Ufer, nur ich verstehe die Sprache nicht. Das Meer erzählt dem Land eine Geschichte. Das Meer kaut dem Land ein Ohr ab. Nein, das Meer reißt dem Land die Nase ab. Es sagt: Wenn du denkst, du kannst hier entspannen, bist du schief gewickelt. Ich bin keine Kulisse.

Eine Schale mit Granatäpfeln steht auf dem metallenen Arbeitstisch in der Personalküche. Daneben liegt ein Zettel: *Thank you*. War João hier? Aber der wollte nach Norden fahren, zu seiner Familie. Ich öffne Silberrücken. Die Kartoffeln sind weg, der Dip fast alle.

Ich schreibe eine Nachricht an die Besitzerin. Sie antwortet prompt. Chef komme manchmal vorbei und probiere irgendwas in der Küche aus oder gehe an die Kühlhäuser. Davon solle ich mich aber nicht stören lassen. Es könnte auch der Nachtwächter gewesen sein, aber das sei eher unwahrscheinlich, der habe immer sein eigenes Essen dabei. Bangkok sei nicht gerade bekömmlich. Sie habe sich den Magen verdorben und liege nun schon zwei Tage im Hotel.

Der Wind fegt über den Garten. Weiße Blüten fallen auf den Rasen. Hinter dem Poolhäuschen weht und wackelt das mannshohe Schilf. Vögel zwitschern. Es duftet süßlich. Im Pool ist keiner. Natürlich ist keiner im Pool. Der Nachmittag rekelt sich vor mir wie ein fauler Freund. Ich könnte spazieren gehen, ich könnte Klavier üben, ich könnte noch eine Weile hier sitzen, Tee trinken und lesen. Ich könnte aufs Meer schauen. Das einsame Pfiepen der Unzertrennlichen hallt durch die leeren Räume. Pfiep. Quiöck. Sie springen von Stange zu Stange. Ich taufe sie rechter Vogel und linker Vogel.

Von März bis November speisen hier in diesem Raum wohlhabende Menschen. Sie sind von einer Sorte wohlhabend, dass man ihnen nicht anmerkt, wie wohlhabend sie in Wahrheit sind. Es sind die Unsichtbaren, von denen es im Internet keine Bilder gibt. Die sich so schminken, dass man nicht sieht, dass sie geschminkt sind. Die keine Taschen kaufen, sondern Jets. Sie sind auf eine Art schön, bei der man nicht mehr weiß, ob sie jetzt schön sind, weil sie schön sind, oder ob man sie bemerkenswert findet, weil sie so viel Geld haben. Sie sitzen hier an runden Tischen und essen dreizehngängige Menüs, die Chef, der ein Genie ist, für sie zubereitet.

Betrete ich ein schönes Hotel oder ein besonders schickes

Restaurant, denkt ein winziger Teil von mir jedes Mal: Eigentlich gehörst du hier gar nicht her. Eigentlich ist das gar nicht deine Welt. Du bist ein Aufschneider, ein Möchtegern. Mach, dass du Land gewinnst. Ich gebe dann vor, eine Spionin zu sein oder wenigstens eine Schauspielerin. Ich überlege mir vorher, mit welcher Stimme ich spreche, was ich anziehe, welche Handtasche ich mitnehme, immerhin ist Foie gras nicht das Gleiche wie Leberwurst.

»Manche Spitzenköche sehen das genau andersherum«, sagte die Besitzerin, als ich ihr davon erzählte. »Manche Spitzenköche benutzen Champagner, um Sauerkraut zu kochen, pürieren Seeigel-Filets, um eine Soße zu binden, und schmeißen Kristallkaraffen an die Wand, die vierhundert Euro kosten. Warum? Weil sie es können.«

Plötzlich liegen beide Welten übereinander, plötzlich ist alles gleichzeitig da. Neben mir löffelt ein Unsichtbarer hellorange Filets aus einem dunkelblauen Seeigel, in seinem Glas perlt Champagner, das Licht ist golden, Kellner in weiten schwarzen Pumphosen schenken nach. Kaminfeuer wärmt den Raum. Musik dudelt aus den Lautsprechern. Menschen sitzen an weiß gedeckten Tischen.

Ich schüttele den Kopf und bin wieder allein. Eine Frau mit Schatten unter den Augen und zu großen Ohren auf einem Sofa neben einer mit Holz verrammelten Wand zwischen Korbmöbelhaufen und staubigen Fenstern. Eine Sichtbare in einem No-Name-Sweatshirt und einer No-Name-Jogginghose. Oben in der Minibar steht eine Flasche Wein, die mehr kostet als mein Outfit.

Das Blöde beim Müde- und Erschöpftsein ist, dass man zu müde und erschöpft ist, um zu spüren, was einem fehlt. Eigentlich habe ich schon länger keine Ahnung mehr vom Spannungsfeld, das entsteht, wenn man etwas nicht sehen, aber sehr wohl fühlen kann.

Ich könnte was essen. Etwas Normales. Die Currywurst der Algarve ist ein Huhn. Piri-Piri nennen sie das hier und sind mächtig stolz auf das Gericht, obwohl es sich lediglich um pikant gewürzte frittierte Hühnchenteile handelt. Auf Verkehrsinseln sieht man gigantische Hühnerskulpturen, und überall verstreut gibt es diese Piri-Piri-Restaurants.

Das Lokal, in das mich die Besitzerin im Oktober mitnahm, besaß den Charme einer Krankenhauskantine, war aber angeblich das beste. An langen Tischen mit rot-weiß karierten Papiertischdecken saßen Familien, Vatermutterkind, viele Männer mit diesem portugiesischen Kinn, das aussieht, als wäre es aus einer Felswand gebrochen. Kellner trugen Tablett um Tablett an uns vorbei, beladen mit Hühnerteilen und Tomaten und Salat und Pommes und Schalen mit einem Stück weißem Käse und Salz.

Neben uns saßen zwei Frauen mit roten Lippen und goldenen Creolen. Ein Kind lag im Kinderwagen, eins saß auf dem Schoß einer jüngeren Frau und versuchte, den Salzstreuer zu fassen zu kriegen. Bei ihnen saß ein älterer Herr mit einem Gesicht, so abgekämpft wie eine in den Sechzigerjahren verputzte Wand. Er betrachtete lächelnd einen vielleicht zehnjährigen Jungen, dunkle Locken, blaues Sweatshirt, als wäre er ein besonders seltener, empfindlicher, exotischer Vogel. Der alte Mann zeigte auf Teller, Besteck, die Karte, die Tischdecke und erklärte dem Kleinen was.

»Warte mal, ich habe was vergessen«, sagte die Besitzerin.

Sie kam zurück: »Ich musste Bescheid sagen, damit sie uns ein frisches Hühnchen geben und nicht das alte«, sagte sie, als sie zurückkam.

»Das alte Hühnchen?«

Sie nickte. »Touristen bekommen das alte Essen. Deswegen gehe ich immer nur in zwei Lokale. In das hier und in unser eigenes. Wenn ich Geld verdienen wollte, würde ich auch so ein Ding aufmachen. Die haben Food Costs von 50 Cent für eine Portion Piri-Piri.«

»Und ihr?«

»Das willst du nicht wissen.«

Dann redete sie von Nahrungsmitteldiebstahl, falschen Rechnungen, Personalmangel und dass sich das alles eigentlich gar nicht rechne. Hier ganz in der Nähe gebe es ein Restaurant, erzählte sie, das habe zwei Michelinsterne und sei berühmt für schwarzen Reis mit gelbem Thun. Viele kämen von weit her nur für dieses Gericht. Doch auf dem Fischmarkt in Sagres gebe es nicht immer gelben Thun. Der sei weg, abgetaucht. Die Leute strömten aber in das Restaurant und wollten gelben Thun. Dieser bescheuerte Fisch habe manchmal mehr Kilometer auf der Uhr als der Arzt aus dem Badischen, der ihn verputzte.

Ich öffne die Schiebetür zur Sonnenterrasse, klappe den Flügel auf, der im Wintergarten steht, stelle meine mitgebrachten Noten hin und bitte das Instrument vorab um Verzeihung. Das tue ich, weil hier möglicherweise mal jemand wie Leonard Bernstein etwas wie das 2. Klavierkonzert von Rachmaninoff gespielt hat. Oder weil jemand wie Little Jimmy Scott hier möglicherweise mal etwas wie *What I wouldn't give* gesungen hat. Ich bitte den Flügel vor allem um Entschuldigung, weil rein theoretisch jemand wie Freddie Mercury an diesem Instrument etwas wie *Bohemian Rhapsody* komponiert haben könnte – Monate bevor er es im Rockfield Studio aufnahm. Möglicherweise. Vielleicht. Wer weiß das schon. Der Flügel kann ja nicht sprechen.

Ich schlage einen Ton an, das a. Ich schlage immer das a an, das ist eine Marotte von mir, wegen Apple und des Tons, den das Telefon früher machte, also spiele ich das a und dann eine Tonleiter, verspiele mich und fange von vorne an. Ich versuche etwas von Einaudi, übe die linke Hand allein, das klingt schief, was bei Einaudi nichts heißen muss, dann spiele ich die c-Moll-Tonleiter wie ein Anfänger, der ich inzwischen wieder bin. Der Daumenuntersatz ist ein Problem, immer schon gewesen. Wenn der Daumenuntersatz nicht klappt, hat man schlechten Kontakt. Dann tanzen die Hände wie wild gewordene Spinnen auf der Tastatur. Ohne Kontakt bekommt man die richtigen Töne nicht zu fassen. Ohne Kontakt ist man immer ein bisschen am Kippeln.

Viele Menschen glauben, Musik entsteht aus Leid und Entbehrung oder Liebeskummer. Ich glaube, es gibt noch etwas. Es steckt zwischen den Tönen. Es ist das, woran man sich beim Hören erinnert, selbst wenn man sich gar nicht daran erinnern kann, weil man eine Melodie zum ersten Mal hört. Es ist, was an einem reißt, wenn man mitgerissen wird. Was in einem wohnt, was hinter den eigenen Augen herausschaut, was einem das Herz schlägt, das in solchen Momenten immerzu rufen will: Das ist es! Das ist es! Das ist es!

Ich weiß zu wenig über Kunst. Aber in Büchern, das weiß ich, steckt es auch. Dieses: Das ist es!

Bei uns daheim gab es nur ein paar Bücher, und die waren auch noch vom Bertelsmann Buchclub: *Vom Winde verweht*, *Und ewig singen die Wälder*, *Das Erbe von Björndal*, so was. Meine Eltern und Großeltern hatten für Literatur, Theaterbesuche oder Konzerte keine Zeit. Trotzdem sorgten sie dafür, dass mich eine Welt aus Musik und Büchern umgab. Mit sechs bekam ich Musikunterricht, mit acht Klavierstunden. Sie kauften mir Märchenkassetten und Kinderbücher, Sammelbände, Romane, Sachbücher, ich musste nur auf etwas zeigen, und mein Gehirn wurde damit gefüttert. Als ich viele Jahre später mein Elternhaus ausräumte, fand ich die Bücher kistenweise auf dem Dachboden. Ich saß da, zwischen den vielen geöffneten Kartons, und hatte furchtbare Sehnsucht.

Ich schlage Töne an. Erst mit dem rechten Daumen, immer wieder denselben Ton, schnell, als würde er nach einer Fliege schnappen. Dann mit dem linken Daumen, dann zwei Töne mit beiden Daumen gleichzeitig. Dann mache ich das Gleiche mit den Zeigefingern. Der vierte, der Ringfinger, ist am schwersten. Ich spiele vorwärts, schnappe Fliegen mit allen Fingern beider Hände. Dann das Gleiche noch mal in *legato*, ineinander übergehend. Den Fingern Guten Tag sagen, hat meine Klavierlehrerin diese Übung genannt. Das Schöne am Klavierspielen ist, dass man mit beiden Händen etwas tut und im Kopf für nichts anderes Platz ist, denke ich und verhaue mich natürlich sofort.

Töne schwärmen aus, erfüllen den Raum, prallen ans Fenster und geben dem Wintergarten eine neue Temperatur. Die Vögel tun ungerührt, Otto pennt, und ich genieße die Töne und vor allem die Pausen. Leerstellen sind wichtig. Erst durch sie wird eine Abfolge von Tönen zu Musik.

Manchmal, wenn mir Jonas gegenübersteht und wir uns ansehen, in dieser winzigen Zehntelsekunde, bevor einer von uns was sagen oder tun kann – in diesem kleinen, mickeligen Zwischenraum, der eigentlich viel zu klein ist, als dass man ihn Pause taufen dürfte, steckt die ganze Welt. Als wäre dieses bisschen Luft zwischen den Worten alles, worum es geht.

In den Pausen saß ich früher oft auf dem Schulhof oder an der Bushaltestelle und dachte mir Gleichungen aus. Ich bestimmte Ableitungen, malte Kurven, nur um mich in der Mathematik aufzuhalten. So wie andere im Freibad schwammen, badete ich in Zahlen und Funktionen. Es war eine Ruhe, die sich in mir breitmachte, fast so wie beim Klavierspielen. Mit der Mathematik zu sein bedeutete, dass ich gut aufgehoben war. Niemand konnte über Nacht die Spielregeln ändern. Dachte ich zumindest.

Dann traf ich eine meiner Mitschülerinnen aus jener Zeit wieder, sie hatte nach der Schule Mathematik studiert. »Warum hast du eigentlich damals dauernd freiwillig gerechnet?«, fragte sie, als wir einen Kaffee tranken.

»Es hat mich beruhigt«, sagte ich. »Mathematik war verlässlich. Sie war wahr.«

»Na ja, das ist Ansichtssache«, lachte sie.

»Zahlen sind doch nicht Ansichtssache«, sagte ich.

»Oh doch! Warte mal«, sagte sie, googelte etwas und zeigte mir ihr Handy. »Da schreiben Leute ganze Bücher drüber, über Wahrheit und Mathematik und was das alles soll.«

Ich las: Die Mathematik sei nicht erfunden, sondern entdeckt worden. Sie existiere unabhängig von Raum und Zeit. Ob der Mensch ihre Wahrheit mit seinen begrenzten Fähigkeiten erfassen könne, sei fraglich. Das erfahrbare Herz der Dinge liege – wenn überhaupt – in der Musik.

Otto döst, die Vögel hopsen im Käfig herum, draußen wird es finster. Ich klappe den Flügel zu und mache mit Otto eine Kontrollrunde. In zwei Suiten lasse ich das Licht brennen, schließe die Türen. »Komm, Otto. Wir kochen was.« Als würde er mich verstehen, trottet er den Gang zur Küche hinab.

Es wird einfach nicht warm in der Küche. Ich ziehe meine Steppweste an und schnippele Gemüse, würze es mit Kreuzkümmel, Chili, Salz, Pfeffer, Rosmarin aus dem Garten, Oregano, träufele etwas Öl darüber und schiebe das Ganze in den Ofen. Ich betrachte die Granatäpfel, die mir mein unbekannter Gast dagelassen hat. Manche Leute meinen, die Kerne lösen sich besonders gut in einer Schüssel Wasser, aber das dauert ewig, außerdem hat man dann trotzdem das ganze Gefissel zwischen den Fingern. Ich rolle einen Granatapfel mit Druck auf der Tischplatte, halbiere ihn, nehme einen kleinen Holzhammer und schlage heftig auf seine Rückseite. Nach und nach fallen die Kerne heraus. Dann vermöbele ich den zweiten. Die Kerne kommen später mit dem Rest des Joghurtdips über das Ofengemüse.

Gegen zehn Uhr abends ist niemand auf den Straßen. Die Luft ist erfüllt von einem nebligen Dunst, den das gelbe Licht der Straßenlaternen grau-gold verwischt. Apartmenthäuser schlafen mit geschlossenen Rollläden, die Hotels haben ebenfalls die Augen zu. Einsam wartet ein Bagger am leeren Swimmingpool des Viersternehotels gegenüber. Blüten an Büschen wippen am Wegesrand im Wind. Der menschenleere Ort wirkt unwirklich, wie aus einem Jim-Jarmusch-Film aus den

Achtzigern, nur gibt es keine Schauspieler, keinen Text, keine Musik, bloß diese leeren Straßen und den zarten Schleier aus Feuchtigkeit und mattem Licht. Ich trage keine Uhr, mein bisschen Schmuck liegt im Schließfach, und wozu ich das Paar hohe Schuhe mitgenommen habe, weiß ich auch nicht mehr. Der Kopf müsste Easy-Gitarren-Folk-Pop-Interludes spielen können, wenn man etwas Profundes denkt. Man müsste etwas Profundes denken.

In dieser Nacht schlafe ich gut und wache erholt auf. Muckslos sitzt der Hund neben meinem Bett. Ich weiß nicht, wie lange er da schon sitzt und mich anstarrt. In jedem Fall guckt er wie einer, der darauf wartet, dass man aufwacht. Machen alle Hunde das, dieses Wachstarren?

Während ich mich anziehe, tapst Otto zurück zu seiner Decke und legt sich neben sie, Frango zwischen den Pfoten. Das federlose Suppenhuhn ist seine einzige Konstante.

Es ist kaum auszuhalten, wie gelangweilt ein Labrador gucken kann. Obwohl, kennt ein Hund Langeweile? Projiziere ich meine Gefühle auf mein Gegenüber? Ist mir langweilig?

»Heute machen wir ein paar Lichter an und lüften«, sage ich.

Er rührt sich nicht.

»Heute ist der Himmel weiß und liegt auf dem Meer wie eine Decke.«

Nichts.

»Heute fahren wir zum englischen Supermarkt und kaufen eine Wurst.«

Otto guckt hoch, sein Schwanz schlägt auf den Teppich.

»Nein, Scherz«, sage ich. »Wir gehen Gassi.«

Otto steht auf, streckt sich wie ein Mensch beim Yoga und geht zur Tür, wo er mit gesenktem Kopf stehen bleibt.

Auf der Arbeitsplatte in der Küche liegen drei rote Paprika, daneben wieder ein Zettel: *Thank you.* Mein Gast hat das Ofengemüse verputzt, das Backblech gespült. »Hallo?«, rufe ich. Keine Antwort.

Otto und ich gehen hinten raus, vorbei am kaputten Lamborghini-Trecker, den Orangenbäumen, den Tennisplätzen, dem Steinhaufen, den alten Gartenmöbeln, den Rosenbeeten zum Tor, das man aufschieben muss, weil der elektrische Öffner kaputt ist. An der Steilküste bleiben wir stehen. Kunstfertig setzt Otto einen Haufen auf eine grün-rote Sukkulente. Der Horizont flimmert rosahimmelblaupastellsilbern. Das Meer rauscht und schwappt in flachen Wellen an den Strand. Ebbe. Und da ist er dann: ein Moment ohne Aufgabe. Ein weißer Fleck auf der Landkarte meines Bewusstseins. Wie lange habe ich den nicht mehr gehabt?

Am Hausstrand finde ich ein grünes Netz und zwei Plastikflaschen. Ein grau bezopfter Mann sitzt, wo ich eigentlich hinwollte, am Fuß der Treppe. Er ist etwa Mitte sechzig, braun gebrannt, alles Muskeln. Mich erinnert er an den Mann auf dem Plakat eines Yoga-Studios, das in Berlin überall in meinem Viertel hängt. Ein Mann, nur bekleidet mit einem weißen Lendenschurz, der seinen Körper wie ein Brett gespannt parallel zum Boden auf Händen und Zehen balanciert. Ich hocke mich vor den Felsen. Nach einer Weile zieht sich der Typ die Hose aus und geht nackt ins Meer. Ich will das nicht sehen und sage: »Komm, Otto, wir gehen.«

In Sichtweite des Dünencafés zögere ich. Andere Hunde. Große Hunde, kleine Hunde. Würde sich Otto mit ihnen vertragen? Würden sie sich mit Otto vertragen? Wir wagen es. Ein Pudel knurrt, die anderen tun so, als wären wir gar nicht da. Otto ignoriert sie alle und trinkt aus einem Napf Wasser von fragwürdiger Klarheit. Die Hunde der anderen Gäste liegen unter den Stehtischen, im Schatten. Ich bestelle einen Americano. Der Himmel ist strahlend blau, auf dem Meer ist es ruhig. Nur ein paar Surfer sitzen auf ihren Boards und hüpfen in den Wellen.

Das Problem einer jeden Gegend ist der Mensch. Es gibt kaum Menschen, die in eine schöne Aussicht passen. Keiner kann was für seine Nase, aber für das schlampige Auftreten, das Ungepflegte, dafür schon. Früher dachte ich: Warum gehen die Leute nicht mehr zum Friseur? Heute denke ich: Falsche Stimmen sind wie falsche Vornamen, sie drücken und kneifen wie zu enge Hosen. Manche Menschen sind groß und muskelbepackt, haben aber helle Stimmen, die leicht quakig klingen. Andere wiederum sind schmächtig und bewegen sich ganz flatterig, haben aber einen Bass wie Roger Moore.

Hinter uns, auf dem Bohlenweg, redet eine Quakfrau auf Deutsch auf einen langhaarigen Typen ein, der einen Kinderwagen schiebt. Man kann nicht sehen, wie er das findet, seine Haare hängen an den Seiten seines Gesichts herab wie bei einem gutmütigen Gaul. Sie läuft neben ihm her und spricht, es geht um eine Behörde oder eine Badewanne, ich kann es nicht ausmachen, denn der Wind weht stark, und sie spricht immerzu um einen hohen Ton herum, sodass alles klingt wie ein Brei aus Beschwerden. Sie könnte ihm die Bedienungsanleitung einer Eismaschine auf Koreanisch vorlesen oder das Periodensystem der Elemente auf Urdu, es würde in meinem Empfinden keinen Unterschied machen. Es gibt nur eine andere Stimmung, in der man so spricht. Wer eine Depression hat, spricht ebenfalls auf einem Ton. Deswegen heißt es ja auch so. Monotonie.

Ich höre Knattern. Ein Fluggerät fliegt von links nach rechts durch meine Aussicht. Ein Mann mit Sturzhelm sitzt auf einem Sitz, an den jemand Flügel und eine Konstruktion mit Propellern geschraubt hat; ich muss grinsen, denn das Fliewatüt, Pan Tau und Karlsson vom Dach tauchen gleichzeitig in meinem Kopf auf.

Manche der Spaziergänger scheinen mir nun ebenfalls leicht entrückt. Sie laufen am Strand lang, als fragten sie sich: Wie bin ich denn hierhergekommen? Wer sind die seltsamen Giraffen?

Wie viel Fremdeln schleppt wohl jeder mit sich? Gar keins? Ganz viel? Unerträglich viel? Da geht ein Pärchen den Bohlenweg hinunter, von dem ich wetten möchte, sie stammen aus Berlin. Beide Anfang dreißig. Sie mit Dutt, Hoodie, Skinny Jeans, Quadrathintern, trinkt aus einem Re-use-Take-away-Becher. Er mit Käppi, Hipsterbart, Sneakern, trägt das Baby vor dem Bauch.

»Du kannst den Menschen immer nur *vor* den Kopf gucken«, sagt Jonas oft, und ich finde das falsch, weil es doch eigentlich heißen müsste: »Man kann den Menschen nicht *in* den Kopf gucken«, aber Jonas ist Ingenieur, und Ingenieure betrachten die Welt nicht als Rätsel, sondern unter dem Aspekt der Machbarkeit.

Als wir zum ersten Mal zusammen essen gingen, schlug er unterwegs vor, man könne doch auch noch dem Alex Bescheid sagen oder dem Christian oder der Tina.

»Warum?«, fragte ich.

»Die haben vielleicht auch gerade Hunger.«

»Ich will aber mit dir essen gehen und nicht mit dem Alex und dem Christian und der Tina«, sagte ich.

»Ach so«, antwortete er erstaunt und ganz ohne Arg, und da begriff ich noch etwas: Er hatte Menschen gern. Jonas macht es nichts aus, wenn ihm andere auf die Pelle rücken. Es stört ihn nicht, wenn sie Unsinn reden, wenn sie irren oder sich aufblasen. Er findet Alleinsein sinnlos. Er will vielleicht nicht allen nah sein, aber er findet Menschen nicht nervig, er findet sie kurios. Sie machen ihm nichts.

Vor der Brandung spaziert ein älteres Ehepaar mit Dackel. Sie hat dünne Beine, trägt eine metallicfarbene Steppjacke und einen dieser Leder-Minirucksäcke, in die nie was reinpasst. Der Mann sieht aus wie ein pensionierter Akademiker – Arzt oder Steuerberater oder Anwalt. Er trägt eine Brille, einen dunkelroten V-Neck, darunter ein weißes Polohemd, beige Funktionshose, Knollenschuhe, Kamera. Sie wirken wie die Großeltern von jemandem.

Manchmal denke ich, dass mir eine Lebensfarbe entgangen ist, weil ich keine Kinder habe. Sagen wir, mir fehlt das Rot. Oder vielleicht nicht ganz so drastisch, mir fehlt Lila. Als gäbe es eine Perspektive, die mir immer unsichtbar bleiben wird, ein Geheimnis, das alle Mütter (und Väter) kennen. Dann wieder fühle ich mich, als wäre ich gerade noch so davongekommen. Eine berühmte Dichterin wurde mal gefragt, welchen Rat sie jungen Frauen geben würde. Man müsse sich vor Kindern in Acht nehmen, sagte sie. Man dürfe erst gar keine bekommen.

Drei Personen kommen jetzt vom Strand die Holztreppe hoch. Vorneweg geht eine Frau um die vierzig. Sie hat einen

Pagenkopf mit blonden Strähnen, trägt freudlose Goldakzente an den Schuhen, die Steppjacke hat sie um ihre Hüften gebunden. Der Mann telefoniert, er ist etwa fünfzig, hat eine rasierte Bruce-Willis-Birne, trägt Sonnenbrille und eine hellbraune Schimanski-Jacke. Das Kind, ein Mädchen mit dunklen Zöpfen, ist acht, vielleicht neun. Es geht hinter seinen Eltern her und schaut auf den Boden. Ist es einsam? Haben sie gestritten? Sind das überhaupt seine Eltern?

Das, was wir heute Familie nennen, ist ein mehrdimensionales Gebilde aus Schicksal und Entscheidungen, in das Kinder früh eingeweiht werden. Die Eltern sagen ihnen zum Beispiel: Wir sind deine Eltern, zusätzlich hast du noch eine Bauchmama und eine Eimama und einen Samenpapa, hey, das klingt vielleicht ein bisschen crazy, aber falls du später mal nach dem Darmkrebsrisiko in deiner Familie fragst und wir stammeln, weil wir irgendeinen Aktenordner verlegt haben, ach, Kind, bis dahin ist noch so viel Zeit. In jedem Fall erzählen wir dir alles, was wir wissen, was vielleicht nicht viel ist, aber zumindest lügen wir dich nicht an, und wenn du in der Schule gehänselt wirst, gehst du sofort zur Sensitivity-Beauftragten, und wir kriegen das Schulgeld zurück.

Nein, das sagen sie nicht. Aber wir leben heute in einer Zeit, in der es möglich ist, darüber zu sprechen. Sehe ich eine Familie, suche ich in den Gesichtern der Kinder nach Spuren der Eltern und umgekehrt. Da ist die Nase des Vaters, da das fliehende Kinn der Mutter. Opas Glupschaugen. Die hohen Wangenknochen der Tante. Was sich im Gesicht nicht durchsetzt, wandert vielleicht verspätet in die Hüften, den Hintern, die Haltung. Schlanke Mädchen mit aparten Gesichtszügen laufen neben mächtigen Müttern. Enkel mit Wuschelfrisur spazieren an der Seite haarloser Opas. Sie ähneln einander, auch wenn sie einander nicht ähnlich sehen. Man muss nur genau hinschauen.

Ein Wissenschaftler sagte mal, Menschen seien Rudeltiere mit einer Tendenz, die In-Group, die eigene Familie, zu schützen und sie gegen Out-Groups, gegen das Fremde, zu verteidigen. Ich hatte keine In-Group. Oder vielleicht hatte ich eine, aber das war mir nie bewusst. Im Gegenteil. Der Kindergarten war eine scheußliche Erfahrung, die sein musste, wollte ich im Leben weiterkommen. Ich wusste nicht, was die anderen Kinder von mir wollten, wenn sie mich anstarrten. Ich gab mir Mühe, sie zu verstehen, doch ich konnte keine Sandkuchen backen, kein Rad schlagen, und wenn ich sang, sang ich zu laut oder zu hoch. Ich malte gern, denn das konnte man allein machen. Die Welt war wie Aschenputtels Glasschuh. Um hineinzupassen, musste ich etwas abschneiden, nur was? Schnitt ich das Falsche ab, etwa das Höflichsein, war ich verloren.

In der Woche vor meiner Einschulung kamen die Läuse ins Dorf, und meine langen Haare verwandelten sich in einen Topfschnitt. Ich sah aus wie eine Playmobilfigur. So verstümmelt saß ich im Auto meiner Eltern – ich hatte am Tag der Einschulung Fieber bekommen – und sah von dort aus zu, wie die anderen Kinder unter den hohen Bäumen zwischen Kirchhof und Schule von der Rektorin begrüßt wurden. Ich fiel also von Anfang an auf.

Die anderen Mädchen waren kleiner, zierlich und dünn. Sie hatten irgendein Geheimnis, von dem ich nicht wusste, sie waren eingeweiht in ein besonderes Wissen, das sie vor mir verbargen. Wenn sie lachten, amüsierten sie sich über mich. Wenn sie flüsterten, planten sie meinen Untergang, davon war ich überzeugt. Sie spielten in den großen Pausen Gummitwist, um zu zeigen, wie hoch sie springen konnten. Die Jungs aus den umliegenden Dörfern droschen Skat, spielten Fußball oder zogen am Gummitwistband der Mädchen, die dann quiekten. Wie schon im Kindergarten wusste ich nicht, worüber oder wie ich mit ihnen ein Gespräch anfangen sollte. Meist stand ich vor ihnen, lauter Dinge gingen mir gleichzeitig durch den Kopf, und sie guckten zurück, warteten, dann machte irgendwer irgendeinen Spruch, dann wurde wieder gekichert, und die Sache war gelaufen.

Es heißt, Kinder, denen früh vermittelt wird, dass mit ihnen etwas nicht stimmt, erleben dies als Beschädigung. Psychologen sagen, es erzeuge eine gewisse Zuhauselosigkeit im Kind, weil es sich schämt und lernt, an sich zu zweifeln. Als mich ein Kind in der Grundschule damit hänselte, dass meine Eltern gar nicht meine echten Eltern seien, rannte ich heulend heim, wurde beruhigt und glaubte meiner Familie natürlich. Ich identifizierte mich mit dem kleinen Muck, einem kleinwüchsigen Jungen mit zu großem Kopf, der drei bis vier Schuh hoch war und von seinen Verwandten in die Welt hinausgejagt wurde. Ich identifizierte mich mit Jim Knopf, dem Findelkind, ohne das im Geringsten auf mich zu beziehen. Selbst als wir in der achten Klasse die Mendel'schen Regeln durchnahmen, redete ich mir ein, mein Aussehen rühre daher, dass mein Großvater und meine Tante Sofie eben sehr dunkle Haare und braune Augen hatten. Einmal versuchte ich sogar, den Neigungswinkel meiner Nase auszurechnen, was daran scheiterte, dass sie einen Huckel in der Mitte hatte und mir damals außer f(x) kein weiteres mathematisches Werkzeug zur Verfügung stand.

Ich besaß als Kind und auch als Teenager noch die Fähigkeit, etwas zu glauben, weil ich es glauben wollte. Das verbesserte meinen Alltag allerdings nur leidlich. Denn wenn mit mir alles in Ordnung war, waren es die anderen, mit denen etwas nicht stimmte, und ich lebte fortan in einer Welt voller Geisteskranker.

Erzähle ich heute davon, verändert sich der Blick der Menschen. Sie schauen mich an, als würden sie denken: »Will die mich auf den Arm nehmen? So blind kann sie doch nicht gewesen sein.« Mitgefühl mischt sich mit Misstrauen. Es wächst jene Distanz, die man zu Wahnsinnigen pflegen sollte, und dann ist er wieder da, dieser unüberbrückbare Graben zwischen mir und den anderen; das Gewürz, kostbar wie Safran, ergiebig wie dieses schwarze Pulver im Chemieunterricht, das in Minimengen eine Badewanne Wasser färben konnte, wie hieß es doch gleich? Na, jedenfalls das Element, das mir die Sache mit der Nähe immer irgendwie verhagelt. Man muss übrigens nicht adoptiert sein, um so zu empfinden, aber es hilft.

Vieles erscheint mir im Rückblick auch beunruhigend, weswegen ich ungern daran denke. So was wie »Du undankbares Geschöpf« erhält im Nachhinein eine andere Bedeutung. Oder wenn es im Streit irgendwann hieß, »Du kommst ins Heim«, und ich sagte, »Ich will eh ins Internat« – nicht ahnend, dass meine Eltern ein Kinderheim meinten. Oder als mich unser Geschichtslehrer in der neunten Klasse in einer Tour fragte, warum ich so große braune Augen hätte, und ich dachte, er wollte mich blöd anmachen, dabei bereitete es ihm Vergnügen zu beobachten, wie ich mich nichts ahnend vor der Klasse rechtfertigte und erklärte, wer alles in meiner Familie so aussah wie ich.

Alle Familiengeheimnisse ähneln einander: Was verschwiegen wird, ist eine Leerstelle – eine fühlbare, manchmal sehr laute Leerstelle. Um sie zu füllen, fabuliert man, benutzt Erfundenes, Gesehenes. Eine Szene aus einem Film, was man irgendwo gehört hat oder was einem plausibel erscheint. Je glaubwürdiger die Quelle der Konfabulation, umso eher wird sie für wahr gehalten. Und je öfter man es öffentlich erzählt, umso mehr glaubt man es sich auch selbst.

Einmal wehrte ich mich. Ich erinnere nicht mehr, was sie zu mir sagten, sie hatten mir wieder einmal zugesetzt, es war Winter, auf dem Schulhof lag Schnee, an der gegenüberliegenden Kirche hatte sich die Schneedecke unter den Bäumen festgefroren. Ich war an diesem Tag nicht Zielscheibe der Mädchen, sondern der Jungs, und zwar in Form von Eingeseiftwerden und Schneebällen. Als sie von mir abließen, nahm ich den nächstbesten Klumpen Schnee und warf ihn meinem größten Widersacher hinterher. Ich traf ihn am Ohr, er blutete, in dem Klumpen war dummerweise Eis gewesen. Die anderen beschimpften mich und riefen nach der Rektorin, der Blutende wurde ins Büro eskortiert, und ich blieb ängstlich, wütend und beschämt auf dem Schulhof zurück.

Was hatten sie erwartet? Hätte ich ihre Hänseleien erdulden sollen? Ärger würde es zu Hause geben, das wusste ich. Doch seltsamerweise gab es an diesem Abend Rumpsteak.

Am nächsten Tag bat der Junge mich um Entschuldigung. Er hinderte sogar in Zukunft andere daran, sich an mir abzuarbeiten. Später erfuhr ich, dass mein Vater ihn im Beisein seiner Eltern gebeten hatte, mich in Ruhe zu lassen.

Das taten sie dann auch. Ich wurde zu Kindergeburtstagen eingeladen, aber nicht, weil ich mit den Manuelas, Anjas oder

Susis befreundet war. Ich wurde eingeladen, weil die Eltern des Geburtstagskindes gerade eine Waschmaschine bei uns gekauft hatten oder weil mein Vater fand, die Tochter von Soundso sei ein guter Einfluss. Ich wurde schick gemacht und zu diesen Geburtstagen gefahren, wo ich, umzingelt von lässig gekleideten anderen Kindern, mit denen ich mir nichts zu erzählen wusste, Torte aß, die mir nicht schmeckte, und an den Gruppenspielen teilnahm, auch wenn sie mir nichts bedeuteten und ich sie nicht besonders gut beherrschte. Ich wurde zum Kinderturnen angemeldet. Ich bekam sogar ein paar Reitstunden. Es gab damals eine Schneiderbuch-Reihe, die alle Mädchen lasen. Weil auch ich die Bücher verschlungen hatte, dachte man, ich würde Pferde mögen. Aber ich hätte alles gelesen, ich las ja sogar das Kleingedruckte auf Putzmittelflaschen, nur weil es da stand. Ich wurde also von widerlichen Ponys gebissen, fiel vom Schwebebalken und spielte mit Barbies, obwohl ich lieber ein Buch gelesen hätte.

Eines der Mädchen, nennen wir sie Heike, ist bis heute der festen Überzeugung, dass wir Freundinnen waren. Ich hingegen erinnere mich an Nachmittage voller Frust und Unsicherheit. An Gekicher, wenn ich hinfiel. An Hänseleien, wenn ich mal wieder in einer hinreißenden Farbkombination aus Rosé und Zartlila in die Schule geschickt worden war. An Spielzeug, das urplötzlich verschwand – einer ganzen Flotte Blechautos trauere ich zugegebenermaßen heute noch hinterher. An Mädchen, die mich umringten, um mir mit ihren Füllfederhaltern meine weiße Bluse zu bemalen, und dann lachend wegliefen. Ich weiß, jedes Kind hat mal eine Murmel verloren, wurde geschubst, verlacht, das gehört offenbar zum Kindsein dazu. Aber man muss es ja nicht gut finden. Jahre später traf ich

Heike auf dem Friedhof wieder, und wir kamen ins Gespräch. Sie war inzwischen selbst Mutter einer Tochter. »Wir waren doch Kinder«, sagte sie. »Wir waren doch bloß Kinder!« Und ich sah sie an und dachte: Nein. Du warst ein Mensch, der mir wehgetan hat.

Das Dumme beim Kindsein ist, man will irgendwie dazugehören, auch wenn die anderen wahnsinnig sind. Vielen geht das ein Leben lang so. Man kann die anderen nicht leiden, will aber ihre Anerkennung.

Mache ich das im Nachhinein dramatischer, als es war? Natürlich. War ich die meiste Zeit verängstigt? Sicher. Suchen Sie sich was aus. Tue ich auch. Dauernd.

Auf dem Rückweg höre ich helles Kläffen. Ein winziges, pitschnasses Gerippe mit Fell springt in der Brandung umher. Es bellt jede Welle an, rennt auf sie zu, wird nass, rennt wieder zurück, regt sich noch mehr auf, bellt wie ein Verrückter und kriegt sich gar nicht mehr ein. Gebannt starre ich auf das Knäuel Leben. Otto wedelt mit dem Schwanz, doch der Kleine hat nur Augen fürs Meer. Das Pärchen, dem der Hund gehört, stammt aus Holland. Der Hund heiße Zuzu, sagen sie.

»Zuzu, der Atlantikbezwinger«, sage ich.

»Ja«, lachen die beiden. »Zuzu nimmt es mit der ganzen Welt auf.«

Vor dem Surfercafé hat sich eine Menschenmenge versammelt. Ein Typ spielt irgendeinen Reggae auf der Gitarre, und ein anderer rührt dazu in so einer Goombay-Dance-Band-Blechschüssel. Der Oreganomann und seine Freunde sind da, viele Senioren sitzen in der Sonne, auch ein paar junge Familien. Es wird voll im Paradies.

Gott sei Dank habe ich im Paraíso meine Ruhe. Keine Musik, keine Unterhaltung. Keiner, der wissen will, ob ich Hunger habe oder einen schönen Tag, was ich trinken will, warum ich so gucke. Ich kann schlafen, wann ich will, aufs Meer sehen oder es lassen, kann lesen, Klavier spielen, rumsitzen oder auch nicht. Ich muss mich nicht verhalten.

Vor Jahren hütete ich das Haus von Freunden im Languedoc. Es lag in einem Dorf, in dem es kein Handynetz gab, kein Restaurant und kein Lokal und keine Bar. Mittwochs kam der Milchwagen und brachte unter anderem Klopapier und Käse. Ich musste also einkaufen fahren, mit dem Auto nach Lodève, eine halbe Stunde, dort gab es einen Supermarkt. Einmal ging ich auf den Markt. Aber weil ich kein Französisch sprach, konnte ich nur auf Dinge zeigen und nicht erklären, wie viel ich davon haben wollte. Ich kehrte mit einem Kilo Oktopus zurück, von dem ich nicht wusste, wie man ihn zubereitete. Ich briet die weißen, glitschigen Teile in der Pfanne, und sie waren zäh wie Gummi. Heute weiß ich, dass man Oktopus vor dem Braten hundert Mal auf einen Felsen schlagen muss, damit er weich wird.

Ich sprach in diesen Tagen mit niemandem, nur mit einem besonders anhänglichen Briten, der Künstler war; Maler oder Schriftsteller oder beides, ich weiß es nicht mehr. Er war mit dem Pärchen befreundet, dem das Haus gehörte, in dem ich wohnte. Er kam eines Tages und klingelte, und ich machte den Fehler, ihn hereinzubitten. Danach wurde ich ihn nicht mehr los, und ich ging dazu über, nur noch auf der einen Terrasse zu arbeiten, von der aus man mich nicht sah, ich aber sehr gut über das Tal blicken konnte. Vielleicht gelang mir meine Arbeit damals, weil ich drei Wochen lang auf dieser Terrasse saß, weil ich die Tür nicht mehr öffnete. Weil ich nicht nur drauflosarbeiten konnte, sondern auch Herr über meine Pausen war, weil ich in die Tiefe arbeiten konnte, nachts, morgens, bei Licht, ohne Licht, weil ich immer wieder das Gleiche dachte und mich niemand dabei störte, weil ich morgens eine Idee hatte und mir kein Gespräch, kein fremder Satz meine Pusteblume aus Gedanken kaputt blies.

Man kann Oktopus übrigens auch eine Stunde in Wasser kochen, damit er vor dem Braten zart wird, oder auf eine Wäscheleine hängen.

Quietschend öffnet sich das Tor zum Paraíso. Otto rennt hinein, und ich glaube einen Moment lang nicht, was ich sehe. Das Paradies wird renoviert. Nein. Das Paradies wird auf links gedreht. Vor mir sehe ich die Dreharbeiten zu einem Baggerfilm, einem gewaltigen *Ab ins Beet!*, einer groß angelegten Renovierungsshow. Auf dem Hof parken Lastwagen, auf den Rasenflächen liegen Paletten mit Ziegeln, Berge an Kieselsteinen und Sand. Eine Betonmischmaschine dreht sich mit rhythmischem Schlampampschlampampschlampamp. Neben dem Haupteingang lehnen verrostete Metallteile, als hätte sich mal eben ein kaputter Transformer auseinandergeklappt.

João kommt aus der offen stehenden Tür. »Das ist die alte Küchenlüftung«, sagt er. »Die musste raus, das war allerhöchste Eisenbahn! Die ist dreizehn Jahre alt!«

Ich nicke sprachlos, dann rumst es, als würde ein Schloss mit einem Rammbock malträtiert.

»Oh, die Wand«, ruft João und rennt fort.

Ein Mann schüppt Sand in die Betonmischmaschine, sieht mich und ruft erfreut: »Bom diiiia!« Er zieht dabei das i in *diiiia* lang, als freue er sich aufrichtig, ausgerechnet mich zu sehen. So sprechen Brasilianer, das weiß ich, mit diesem lang gezogenen »iii« und mit viel »oitsch« in den Sätzen. Er sieht fröhlich aus mit seinem gebräunten Gesicht, den von der Sonne hellblonden Haaren und dem Kapuzenpulli aus diesem puscheligen Material, als habe man Teddybären das Fell abgezogen und daraus ein Sweatshirt genäht. Gewissermaßen hat mir gerade ein gut gelaunter brasilianischer Teddy einen richtig guten Tag gewünscht. Entwaffnet grüße ich zurück.

Die automatische Glasschiebetür steht sperrangelweit offen, im Dauergähnen. Eine grüne Teppichzunge führt ins Innere des Hotels. Das Foyer ist ebenfalls den Dreharbeiten zum Opfer gefallen, man glaubt es kaum, wie viele Haare man so einem Hotel ausreißen kann. Überall Schmutz. Hinter der Glaswand zum Salon liegen abmontierte Steckdosen. Die Scheiben sind staubig. Ein Mann schiebt eine Schubkarre an mir vorbei. Das Bücherregal unter der geschwungenen Treppe ist leer geräumt. Die Bücher stapeln sich im Männerklo: Romance, Krimis, Fantasy, der ein oder andere englische Roman, ein paar schmale Nachdenkbücher. Natürlich durcheinander. Ich greife eins, auf dem steht: »Die Heimatmaschine«. Auch wenn das klingt wie ein Stück von Heiner Müller, ich nehme es mit, es ist so schön blau.

Oben auf dem Balkon bin ich sicher. Hier sieht man nichts von dem Unheil, das die Handwerker unten anrichten. Man hört es nur. *Rumms.* Die Palmenblätter wippen im Wind. Eine schwarze Wolke schiebt sich zwischen das schillernde Meer und den hellblauen Himmel. Der Horizont ist eine gestochen scharfe Linie. *Rumms.* Otto sitzt wie ein Wächter auf der Balustrade und schaut aufs Meer. Über der breiten, faserigen Wolke leuchtet grelles Sonnenlicht, unter ihr strahlt es. Hell und dunkel wehen die Wellen ans Meer. *Rumms.* Der Wind streicht über mein Gesicht, meinen Nacken, zieht am Schal. Gleißend hell und breit fließt das Funkeln bis zum Strand. Rauschen. *Rumms.*

Ich nehme das blaue Buch in die Hand und schlage es auf. Heimat, schreibt Sigmund Freud, sei ein Platzhalterbegriff für etwas, was man sonst nicht ausdrücken könne. Ich klappe es wieder zu. Nee. Ich brauche keinen Platzhalter, auch wenn ich mich gerade nicht ausdrücken kann. *Rumms.*

Eine Minute sieht man nicht hin, und der Streifen Licht ist plötzlich woandershin gewandert, da hinten irgendwo. Dann wird er zu zwei, nein, zu drei Streifen, verblasst wieder und erscheint als heller Fleck aus Licht auf der Mitte der Meeresoberfläche. Man könnte meinen, da oben sitzt einer mit einer Taschenlampe hinter einer Wolke und sucht was auf dem Meer.

Ich schreibe an Jonas: *Hellfunkel. Mein Herz weht.* Zurück kommt ein verliebter Pandabär. *Rumms.*

Das Abendlicht lässt die Blumen im Garten leuchten. Orange, pink, rot. Den Rasen haben Riesenwühlmäuse überfallen. In tiefen Schneisen liegen bunte Kabel und warten aufs Verlegtwerden, der Gehweg ist Geschichte. Pflastersteine stapeln sich am Rand. Abgeschnittene Palmwedel, zu Haufen geschichtet, welken vor sich hin. Otto scheint das alles ziemlich egal zu sein. Wir machen eine Kontrollrunde, ich schließe die Türen hinter uns ab, doch das Hotel fühlt sich anders an. Offener. Es zieht.

Normalerweise macht mir Baustellendreck nichts aus. Im Gegenteil. Er erinnert mich an meine Kindheit. An Helme, an Kittel, an feste Schuhe, ausgebeulte Werkzeugtaschen, Pausenbrotdosen, Besen, Bohrmaschinenkoffer, Phasenprüfer, Kabelreste, sandige Ladeflächen der Autos, die ich noch zu waschen habe. Öl und Holz und Metall sind Elemente meiner Welt. Dicke Kabel sind dazu da, dass ich an ihnen ziehe, um sie abzumessen und wieder aufzurollen, damit die Gesellen am nächsten Tag Material für den Bau haben. Doch hier beunruhigt mich das Durcheinander. Vielleicht, weil es mich daran erinnert, dass ich niemandem nutze. Ich bin überflüssig. Eben war ich ein bisschen zu Hause, jetzt bin ich im Weg.

Ich lüfte und überlege, was ich mit den roten Paprika anstellen kann, die ich heute Morgen gefunden habe. Rösten? Mit was füllen? Langweilig. Pürieren? Zu schade. Ich suche Quinoa für einen Salat mit Rosinen und Kräutern, finde aber etwas Besseres: Orzo-Nudeln, die griechische Abkürzung für Leute wie mich, die Risotto lieben, aber nicht ewig im Topf rühren wollen. Ich setze Gemüsebrühe auf, schneide eine Zwiebel und zwei Paprika in Würfel und brate sie an, dann gebe ich die Nudeln und die Brühe dazu. Während es vor sich hin köchelt, reibe ich Parmesan, schneide ein paar Datteln, hacke eine Handvoll Koriander und hebe das Ganze am Ende unter, male ein Smiley-Gesicht auf einen Zettel und lasse meinem Gast eine Portion in der Küche.

Auf dem Handy erreicht mich eine Nachricht der Besitzerin. Nicht wundern, schreibt sie, die Handwerker fingen diese Woche schon an, aber an Weihnachten seien die weg. Ob ich vielleicht nach Santa Luzia fahren könne? Ein Fischer, der ihr dort eine Hütte vermiete, warte auf sein Geld, sie habe das Bezahlen vor ihrer Abreise vergessen. Den Betrag würde sie mir mit Paypal schicken. Laos sei ganz wunderbar, nur furchtbar windig und kalt. Fast wie zu Hause.

Auf dem Weg nach Santa Luzia mache ich am nächsten Tag in Olhão halt. An der Ufermauer stehen Buden. Dort werden Würste, Honig, Gewürze, Käse, Brot, Trödel, Klamotten verkauft. Menschen wuseln herum, reden, kaufen ein, schlendern. Ich führe Otto durch die Menge und höre mit einem Mal eine Männerstimme: »*Kennst* du den Türkenmarkt am Maybachufer? *Da* gibt es Zitronen! *Das* sind vielleicht Kaventsmänner!«

Ich drehe mich um. Zwei grauhaarige Männer stehen an der Auslage eines Honigstandes. Eilig gehe ich weiter. An einem anderen Stand sehe ich gelbe Topf-Gerberas. Ich bleibe stehen und frage die Frau auf Englisch, wie viel sie kosten. Sie antwortet auf Deutsch: »Drei Euro das Stück.«

Ich mache, dass ich wegkomme. Das ist hier ja wie in Cuxhaven. Ich flüchte in ein Café und setze mich. Noch bevor ich einen Blick in die Karte werfen kann, fragt eine nach Käsecreme klingende Frauenstimme: »Manfreyd, wo fähre mä getz hiiiih?«

Dialekte aus dem deutschen Süden haben einen singenden Charakter, den viele mit Fröhlichkeit assoziieren, weil er sie an das volksmusikantenhafte Gemeingemache deutscher

Fernsehvorabendsendungen aus den Achtzigerjahren erinnert. Anneliese Rothenberger vergisst man eben nicht. Ich mag das sogar ganz gern. Nur wenn ich badisch sprechen muss, verklebt mir die Leierei den unteren Halsbereich. Noch anstrengender ist Sächsisch. Das können nur wenige, die meisten klingen unglücklicherweise, als müssten sie sich jede Sekunde übergeben. Dabei ist es ganz einfach: Wer sächseln will, braucht einen lockeren Kiefer.

»Komm, Otto, das ist ja hier nicht auszuhalten. Wir fahren wieder nach Hause«, sage ich, aber wir kommen nicht weit. Otto zerrt an der Leine und zieht mich zu jemandem hin. Der Mann sieht aus, als wäre er ein Rockstar, der gerade vom Golfplatz kommt. Er trägt braune Chinos, blaues Polohemd, einen karierten Schal um den Hals. Er ist so groß wie ich, etwa in meinem Alter und hat eine Mähne grau-schwarzer Locken.

»Ay, Otto, guter Junge«, ruft er auf Englisch mit starkem schottischen Akzent – ich tippe auf Aberdeen.

»Hallo«, sage ich und stelle mich vor.

»Ach, du bist die, die auf unser Haus aufpasst.«

Chef hat einen festen Händedruck, doch beim genauen Hinsehen stelle ich fest, dass seine Augen ein bisschen zu weit hinten im Kopf sitzen und sein Lächeln Lügen strafen. Er hat eine tiefe Querfalte auf dem Nasenrücken, als würde er oft knurren oder mich gleich beißen. Er ist ein Scheinschöner – einer jener Männer, die von Weitem netter aussehen als von Nahem. Aber vielleicht brauche ich bloß ein Eis.

»Kaufst du auch Fisch?«, fragt er.

Wieso *auch*, denke ich und sage instinktiv: »Nein, ich mag keinen Fisch.« Dabei mag ich Fisch, ich will nur nicht mit ihm über Fisch reden, ich will eigentlich gar nicht mit ihm reden.

Hoffentlich ist er nicht mein unsichtbarer Gast. Gleich erzählt er mir was von Dattelverbot bei Orzo-Nudeln oder dem perfekten Joghurtdip. Falls er so etwas Gewöhnliches wie Dips überhaupt zubereitet.

»Das kann doch nicht wahr sein!«, ruft er, für meinen Geschmack ein bisschen zu laut. »Hier, ausgerechnet hier, und du isst keinen Fisch?«

Doch, will ich sagen, aber ich will nicht mit dir über Fisch reden. Stattdessen schaue ich doof. Manchmal funktioniert das. Heute nicht.

»Komm mal mit«, sagt er, und ich folge ihm in die Markthalle, in die ich gar nicht gehen wollte. Wir binden Otto am Eingang fest, der das zu kennen scheint, denn er legt sich artig hin. Zahllose Fische und Krustentiere stellen sich auf breiten weißen Eisbetten tot oder sind es bereits. »In der Saison gehe ich morgens immer hierher, trinke erst mal einen Kaffee und rede mit den Fischern«, sagt er.

»Worüber?«, frage ich.

»Alles Mögliche«, sagt er, »über ihre Familien, ihre Frauen, ihre Kinder. Ich muss das fühlen, ich muss das spüren, sonst kann ich keinen Fisch kaufen.«

»Was genau müssen Sie fühlen?«

»Den Fisch natürlich«, sagt Chef und guckt mich an, als sei ich ein bisschen hinterher.

»Aha«, sage ich.

Wir bleiben vor einer Auslage mit glänzenden silbergrauen Fischen stehen.

»Der Wolfsbarsch«, sagt Chef. »Der Wolfsbarsch ist ein Jäger. Er ernährt sich von lebender Nahrung, Muscheln, Krebse, Entenfüße.«

Ich finde es bemerkenswert, dass ein so kleiner Fisch den Enten die Füße abbeißen kann, und nicke.

»Wenn du sie angelst, ersticken sie. Nicht gut. Auf hoher See sterben sie im Eiswasser an thermischem Schock. Auch nicht gut. Müssen sie unter Wasser lange kämpfen, stoßen sie Stresshormone aus. Ihre Muskeln verbrauchen alle Energie. Das Fleisch wird weich und schmeckt dann nicht mehr so gut. Gar nicht gut.«

Die Fische tun mir leid. Hast du gekämpft, denke ich und schaue einem in die toten Augen. Bist du erfroren? Bist du erstickt?

»Je schneller der Tod, umso schmackhafter der Fisch«, sagt Chef. »In Japan gibt es eine Technik, die heißt Ike Jime. Fischer stechen eine Nadel in das Gehirn des Fisches und bluten ihn durch genaue Schnitte in die Kiemen und am Schwanzende aus.«

Ich komme mir vor wie bei einer ärztlichen Visite, nur dass unsere Patienten alle tot sind.

»Hast du schon einmal Seeigel probiert?«

Ich schüttele den Kopf.

»Als ob einem das Meer sanft in den Rachen haucht! Oder Entenfüße?«

Ich schüttele erneut den Kopf.

»Es ist gefährlich, sie zu ernten. Sie werden mit der Hand gepflückt. Die Schwimmer müssen nah an die Klippen, wo sich die Wellen brechen. Sie wachsen da wie Tannenzapfen.«

Aha, das sind also Entenfüße. Ich will ihn auf die Zettel ansprechen, aber je länger er redet, umso weniger wahrscheinlich erscheint es mir, dass er ein Mann ist, der sich für Kartoffeln bedankt.

Ich müsse mal den alten Fischer in Santa Luzia besuchen, sagt er. Luso. Der habe einen Hund, mit dem er Amêijoas ernte, diese kleinen Muscheln. Der Hund könne riechen, wo die Muscheln im Schlick säßen. Luso sei aber ein bisschen dumm. Er stecke die kleinen Muscheln zurück in den Sand. Er meine, man dürfe Babys nicht ernten. Als seien Muscheln Menschen! Aber der Hund. Der Hund sei clever. Ohne den würde Luso glatt verhungern.

Ich verrate ihm nicht, dass ich genau dorthin unterwegs bin, stattdessen werfe ich ein: »Apropos Hunger«, und frage ihn dann doch, ob er mein heimlicher Gast ist.

»Nee«, er schüttelt den Kopf, »das muss wer anders sein. Ich mag keine Kartoffeln.«

Am Ausgang will ich Otto losbinden, da ruft jemand: »Das ist ja eine Überraschung!« Es ist der Oreganomann mit seiner Frau. »Mensch, wir haben gerade einen Galão getrunken. Wie heißen Sie überhaupt? Darf ich vorstellen?«

Während er und Chef eine Unterhaltung führen – der Oreganomann spricht erstaunlich gut Englisch (wir kennen uns doch, sind Sie nicht, ja, vom Fischmarkt, wie interessant) –, beginnt die Frau eine mit mir. So was bedeutet in der Regel zweierlei. Erstens: Sie interessiert sich nicht für das, was ihr Mann sagt. Zweitens: Sie geht davon aus, dass auch ich mich nicht dafür interessiere. Sie redet über Berge, genauer: über ihre Liebe zu den Bergen. Ich kenne das von Nadja. Wenn die einen sieht, muss sie rauf. Ich will das gerade anmerken, aber ich komme nicht dazu.

»Ich wandere so gern«, sagt die Frau. »Ich trainiere jeden Frühling. Bei uns daheim gibt es einen achthundert Meter hohen Berg.«

Ich schaue zum Hafen. Sind achthundert Meter hoch?

»Und da gehe ich dann von allen Seiten rauf«, sagt die Frau. »Je-den Tag.«

»Meine Freundin will auch immer wandern. Ich nicht«, sage ich.

»Es gibt Hütten auf halber Höhe«, sagt die Frau. »Sie könnten ein Zelt mitnehmen.«

»Nein«, sage ich. »Ich will auch nicht auf halbe Höhe. Wenn ich einen Berg sehe, dann setze ich mich und gucke den an.«

Die Frau schaut, als hätte ich Masern. »Dieses Jahr bin ich neun Tage gewandert.«

Das ist aber wenig, denke ich, behalte das jedoch für mich.

Chef und Oreganomann unterhalten sich über Oktopusse. Da gebe es eine Ader, die vom Kopf in die Arme verläuft, schnappe ich auf, die müsse man herausschneiden, sonst werde er schlecht.

»Wandern gibt mir so einen Halt«, sagt die Bergfrau. »Was meinen Sie, wie Sie stehen, wenn Sie wandern! Was für eine Kraft Sie dann in den Lungen haben!«

Sehe ich krank aus? Warum erzählt sie das? Wir sind doch am Meer. Wäre sie gerne woanders? Ist das ein Code für »Ich werde hier gerade entführt, bitte retten Sie mich!«? Die Männer tun so, als seien wir unsichtbar. Der Oreganomann merkt das gar nicht. Vielleicht ist er froh, dass jemand mit seiner Frau redet, dabei rede ich gar nicht mit ihr. Entspann dich, sage ich mir. Es ist doch alles okay. Du stehst hier in einer Markthalle in Olhão und musst nur jemandem zuhören, der von seiner Leidenschaft erzählt. Aber ich fühle mich wie eine verfrüht geerntete Babymuschel. Nein, wie ein Hummer im Käfig, ich schrumpfe innerlich.

»Aber ich will Ihnen doch noch ein Sandwich ausgeben«, sagt der Oreganomann, als ich mich verabschiede.

An der Hauptstraße von Santa Luzia wehen bunte Fahnen. Kinder in roten, blauen und grünen Trainingsanzügen laufen umher. Ein Banner hängt quer über der Promenade. Gleich findet hier irgendein Rennen statt. Ich versuche zu erraten, was für eins. Dann sehe ich das Schild: Es ist ein Geh-Rennen. Ein Geh-Rennen für Kinder?

Luso steht an einem runden Getränkekiosk. Er ist mindestens achtzig, hat tiefe Falten, seine Gesichtsfarbe ist zugleich gräulich und braun gebrannt. In seiner Hand hält er eine Flasche *Sagres Mini*. Seine Augen leuchten hellblau, als wären das Meer und der Himmel in sie hineingefahren. »Bom dia«, sage ich. »Bom dia«, grüßt er lächelnd, und ich sehe, er hat nur noch wenige Zähne. Ich gebe ihm den Umschlag.

»Willst du auch ein Bier?«, fragt er.

Ich mag kein Bier, denke aber, vielleicht wäre eine Weinschorle eine gute Idee, da sehe ich einen dunkelhaarigen Mann auf uns zukommen. Er geht langsam, schiebt sich durch die zähe Luft auf uns zu. Neben ihm, mit wankenden Schritten, tapst ein alter Schäferhund, dessen Fell an manchen Stellen nicht mehr vorhanden ist, an anderen ist es weiß, zerzaust. Der Mann hat beide Hände in die Taschen seines Anoraks gesteckt, wie ein Vogel, der seine Flügel zu weit oben ins Gefieder faltet. Er ist groß, so groß wie eine Laterne. Große Menschen kommen mir manchmal vor wie Laternen.

Er kauft ebenfalls ein *Sagres Mini* und stellt sich wie selbstverständlich zu uns. Seine Haut ist blass, er hat mandelförmige dunkelbraune Augen, eine gerade, schmale Nase und ein

Kinn wie Glenn Close. Es ist unheimlich, er ist, wie das Wort Alabaster klingt. Mein Herz schlägt plötzlich schneller, was ist denn hier los. Hör sofort auf, sage ich dem Ding in meinem Brustkorb und versuche, meinem Gesicht einen belanglosen Ausdruck zu verleihen.

Er schaut mich kurz an, und ich hoffe, dass er mir nicht anmerkt, wie mich seine Gegenwart trifft. Wie eine Schallwelle, wie ein subsonischer Angriff. Als würde ich ihn kennen wollen, oder bereits kennen, oder dringend in ihn hineinkriechen müssen. Er ist leise und gleichzeitig ohrenbetäubend laut.

Otto und sein grauer Schäferhund beschnuppern sich, verlieren dann das Interesse aneinander. »Wo ist denn deiner?«, fragt der Alabastermann Luso, und Luso sagt, dass sein Hund auf der Insel geblieben sei. Er erkundigt sich nach dem Befinden des Schäferhundes, der wankend neben dem Alabastermann steht, sodass man die ganze Zeit Angst hat, die nächste Winbö weht den Armen um.

Hella habe die Operation gut überstanden, sagt der Alabastermann. Sie sei ja nun auch schon vierzehn und könne nur noch langsam gehen. In der Hüfte sitze der Krebs, und sie werde langsam blind. »Wir gehen jeden Tag. Langsam. Aber wir gehen.«

Ich überlege, was ich zur Unterhaltung beisteuern kann, und suche nach Bemerkungen, die man im Angesicht eines Fischers, eines todkranken Hundes und eines umwerfenden Mannes machen könnte. Wenn mich etwas aus dem Konzept bringt, benehme ich mich wie ein Käfer, ich bin ein Tänzer ohne Moves. Ein Sprecher ohne Skript.

»Wollt ihr Boot fahren?«, fragt Luso und wirft die leere Flasche in den Mülleimer.

Ja, natürlich will ich Boot fahren, denke ich, aber ich sehe auch die Fahnen wehen. Auf keinen Fall möchte ich mich bei Seegang übergeben.

»Wir müssen los«, sagt der Alabastermann.

Nein, denke ich. Nein, du musst nicht gehen. Du musst mitkommen. Du musst jetzt mit mir Boot fahren.

»Ja, ich muss auch los«, sage ich schnell, damit er mir nicht anmerkt, dass ich das Gegenteil möchte. Warum macht man so was Bescheuertes, selbst in meinem Alter noch?

Wir verabschieden uns, und ich gehe zum Auto. Nach fünfzig Metern bleibe ich stehen und drehe mich um. Ich habe ihn noch nicht mal nach seinem Namen gefragt. Er ist ebenfalls stehen geblieben und schaut mir hinterher. Ich hebe einen Arm und winke. Er macht mir die Bewegung nach, wie mein Spiegelbild.

Otto springt auf den Beifahrersitz und von dort in den Fußraum, wo er sich zusammenrollt, dann fahre ich los und lasse es hinter mir, das Dorf am Meer, in dem Busse Kinder ausspucken, die Geh-Rennen veranstalten. In dem ein Fischer ohne Zähne ein Boot besteigt, um Muscheln zu ernten, aber nicht die kleinen. In dem ein Mann, dessen Namen ich nicht kenne, Zeitlupenspaziergänge mit einem alten Hund macht. Die Uhr tickt dort langsam, viel langsamer.

Orte gehen ineinander über, einer nach dem anderen. Beige, mehrstöckige Gebäude mit roten Dächern und Kakteen hinter Mauern aus Stein. Leere, schmale Bürgersteige. Ab und zu gibt es ein Restaurant, einen Baumarkt, einen Kiosk, viele Geschäfte haben zu, vielleicht für immer, die Türen mit Postern verklebt, die Neonschilder stumpf und matt. Wie findet man bloß sein Haus wieder, wenn man sich mal verirrt?

Ich lasse die Unterhaltungen vor meinem geistigen Ohr noch mal ablaufen. Mein Gespräch mit der Bergfrau, das mit Chef, mit Luso und dem Alabastermann. Ich mache das immer. Bin ich etwa am Vorabend in Gesellschaft, wache ich am nächsten Morgen auf und unterziehe, was geschehen ist oder gesprochen wurde, einer sofortigen Prüfung. Alles wird gewogen, gemessen, eingeschätzt und verbucht. Treffe ich Menschen, ist alles entspannt. Man redet ein bisschen, man lacht, irgendwer macht einen Witz, irgendwer erzählt eine Geschichte. Es ist das Nachhinein, was einsam macht.

Ich halte am Supermarkt, ich brauche was Warmes. Etwas, das mich von innen heraus in den Arm nimmt, eine Suppe, keine klare Suppe, eine cremige, warme, gesunde Suppe. Und etwas Verlässliches, Brot. Ich entscheide mich für eins von hier, *broa de milho*, Maisbrot.

Auf dem Gelände des Paraíso sieht es friedlicher aus als noch heute Morgen. Die Handwerker haben die Rasenfläche hinter der Küche wieder geglättet, die Kabel sind verlegt. Die Pflastersteine zu Haufen geschichtet. Die Betonmischmaschine schweigt. Otto und ich gehen zum Haupteingang, und durch die staubigen Fenster leuchtet die Abendsonne. In der Küche finde ich eine Schale mit Orangen. Wieder ein Zettel: Danke! Wer ist nur dieser Gast, wenn es nicht Chef ist?

Während die Karotten und der Kürbis langsam dünsten, lüfte ich drei Zimmer, dann spiele ich Klavier. Für die Suppe hätte ich Kokosmilch nehmen können; stattdessen püriere ich mit dem Stabmixer das Fruchtfleisch einer Orange. Ich gebe Ingwer dazu, rosa Pfeffer und etwas Honig aus einer Flotten Biene, die irgendwer mal gekauft haben muss. Jonas würde vorher prüfen, ob der Honig noch haltbar ist.

Überhaupt, Jonas.

Alabastermann.

Jonas.

Alabastermann.

Jonas.

Ich leuchte in mich hinein und suche nach einem Grund, mich zu schämen, nach einem Widerhaken. Wir sind jetzt vier Jahre zusammen, zwei länger als die längste Beziehung, die ich bisher erlebt habe. Wir wohnen zusammen. Wir passen zusammen. Sagt sogar Nadja.

Nicht an den Streit denken, denke ich, und natürlich denke ich in genau diesem Moment an den Streit im Auto. Es war eigentlich auch kein Streit, es war ein Druckluftventil, das nicht gehalten hat. Nicht daran denken, sage ich mir erneut, und damit ich es nicht tue, stehe ich auf und gehe aus der Küche in den Personalbereich und stelle mich unter die Kastanie, die in den Himmel wächst. Ortswechsel helfen. Immer.

Jonas. Manchmal wünschte ich, ich würde eine Sprache kennen, die zu ihm hinführt, in ihn hineinführt, die diese Innigkeit heraufbeschwört, die einen alles vergessen lässt. Ich wünschte, es gäbe Worte für dieses Aufgehen, dieses Sichauflösen im anderen. Gibt es aber nicht. Sobald man ein Wort dafür findet, macht es die Sache klein.

Nadja sagt, meine Beziehungen hätten früher nie länger als zwei Jahre gehalten, weil ich noch etwas über das Leben lernen wollte. Ich weiß nicht, ob das stimmt. Ich weiß nur: Wenn ich an den Alabastermann denke, pocht mein Herz wie wild. Denke ich an Jonas, denke ich an Essen.

Er hat eine Nachricht hinterlassen. Ich werde mehr wissen, denke ich, wenn ich seine Stimme höre. Man weiß immer Bescheid, wenn jemand spricht. Schreibend kann man wunderbar allein sein. Beim Reden geht das nicht.

Ich rufe zurück, natürlich ist es gerade schlecht, er steht vor der Kneipe am Mehringdamm, gleich beginnt das Spiel. Ich Trottel – es ist Samstag. Ich habe den Wochentag vergessen.

Nach unserem ersten, denkwürdigen Kaffeetrinken im Fuchsbau meldete er sich ein paar Tage nicht. Als ich vom Nichtessen langsam Kreislaufprobleme bekam, beschloss ich, die Dinge zu beschleunigen. Ich schrieb – nicht besonders einfallsreich, geschenkt –, aber ich schrieb: »Willst du mit mir ins Kino gehen?«

»In welchen Film denn?«, war seine Antwort – was ich zunächst ziemlich bescheuert fand, nur um dann zu begreifen, na ja, eigentlich klar. Er wollte nicht *mit mir* ins Kino gehen. Er wollte *ins Kino* gehen. Ich schlug *Looking for Eric* vor, einen Film, den ich ohnehin sehen wollte, weil da der französische Fußballer Éric Cantona mitspielt, nicht ahnend, dass Jonas einen noch viel größeren Fußballfimmel hatte als ich.

Nach dem Kino erzählte ich ihm die Geschichte, wie Günter Netzer einmal seine Herrenhandtasche bei uns an der Tankstelle vergaß.

»Seine was?«, fragte er.

»Seine Herrenhandtasche.«

»Nee.«

»Doch. Eines Tages fuhr ein Porsche Targa vor. Ein langhaariger Mann stieg aus, tankte voll und fuhr wieder weg. Nur die Handtasche ließ er liegen. Sie war schwarz, rechteckig und hatte eine Schlaufe. Heute würde man sagen, der Schnapper aus Nappa.«

»Irre«, sagte Jonas. »Wann war das?«

»78? Ich muss in der dritten Klasse gewesen sein. Ich weiß noch, wir hatten damals neue BASF-Kassetten im Laden, auf denen stand ›Argentina 78‹.«

»Da war er gerade Manager vom HSV«, sagte Jonas. »Und was ist dann passiert?«

Ich erzählte ihm, wie wir alle um den Wohnzimmertisch herumstanden, Netzers Herrenhandtasche lag vor uns, die Uhr tickte, und ich erinnerte das deswegen so genau, weil es so spannend war.

Damals, egal ob Junge oder Mädchen, war es für uns Kinder absolut identitätsstiftend, zu wissen, was Abseits bedeutete und wie der Bundestrainer hieß. Die Dorfjugend traf sich am Sportplatz, wenn unser Verein irgendein Kreisklassespiel hatte. Gelegentlich flatterte an der Tankstelle die Deutschlandfahne, nicht wegen Deutschland, sondern wegen Fußball, und Samstag war Samstag wegen der *Sportschau*. Es gehörte sich nicht, einen Verein südlich von Hannover 96 zu mögen. In meinem Kinderzimmer hingen Poster von Horst Hrubesch. Kevin Keegan. Sepp Maier. Paul Breitner. Wollte ich etwas mit meinem Vater und meinem Großvater gemeinsam unternehmen, schauten wir Fußball.

»Und dann«, fragte Jonas, »was ist dann passiert?«

»Wir standen um die Tasche herum. Meine Mutter fragte so was wie: ›Was machen wir jetzt?‹ ›Wir öffnen sie‹, sagte mein Großvater. Ich wollte sie aufmachen, mein Vater sagte: ›Auf gar keinen Fall!‹ Und meine Großmutter muss etwas wie ›Ogottogott‹ gesagt haben. Dann fand mein Großvater in einem der Außenfächer eine Visitenkarte. Darauf stand eine Telefonnummer. Er ging raus, telefonierte, kam wieder rein und sagte, der Herr Netzer sei in Düsseldorf oder Dortmund. Er würde nach dem Spiel bei uns vorbeikommen und die Tasche wieder abholen.«

»Ja, und dann?«

»Als er am nächsten Tag vorfuhr, gab er mir ein Autogramm.«

»Was war denn nun drin, in der Tasche?«

»Keine Ahnung, wir haben sie nie geöffnet.«

»Doll«, sagte Jonas, sichtlich beeindruckt.

Die Suppe ist fertig, ich esse einen Teller, aber das Gefühl bleibt. Mein Herz ist ein ungeöffneter Schnapper. Nicht gut.

Etwas später sitze ich unter dicken, flauschigen Decken auf dem Sofa vor dem nicht angezündeten Wildschweinkamin. Kerzen brennen. Otto döst. Fledermäuse flattern vor meinem Terrassenfenster durch die Dämmerung. Ich könnte ein Buch lesen, eine Serie streamen, Musik hören, Dehnübungen machen, Chips essen oder baden, aber ich sitze da und denke: Jetzt sitzt du mal. Das machst du sonst nie. Sitzen. Und dann sitze ich im flackernden Licht eine ganze lange Weile rum.

Meine Großmutter saß oft am Fenster mit Blick auf den Hof und hatte irgendeine Handarbeit auf dem Schoß. Noch heute besitze ich zwei Paar von ihr gestrickte Socken, die ich, als sie Löcher bekamen, erst stopfte und dann nur noch anzog, wenn ich krank im Bett lag, weil ich fest daran glaube, sie helfen mir dabei, gesund zu werden. Ein Paar ist dunkelbraun mit Rippenmuster, und ein Paar ist aus grau-weiß melierter Wolle, glatt rechts gestrickt mit einer Ferse, wie ich sie bis heute nicht hinbekomme. Ich liebe diese Socken, ich würde sie aus einem brennenden Haus retten.

Ich benutze übrigens auch ihren Kartoffelstampfer, den beigen Plastikkaffeefilter meiner Mutter, den Jonas nicht mag, weil er meint, wir trinken Mikroplastik. Ich habe den Zollstock meines Vaters griffbereit in der Küchenschublade, und wenn es kalt ist, trage ich die Fellweste meines Großvaters, die er über den Blaumann zog, wenn er im Winter frühmorgens die Tankstelle aufschloss.

Eine Bekannte von mir warf, nachdem zuletzt auch ihre Mutter verstorben war, sämtliche Fotoalben ihrer Eltern weg. »Ich habe keine Kinder«, sagte sie. »Wer soll sich diese Bilder ansehen? Es gibt niemanden, dem sie noch etwas bedeuten oder der weiß, wer das war.« Als sie das sagte, genierte ich mich erst für meine Gefühlsduseligkeit, aber dann dachte ich, nein. Mir bedeuten diese Dinge etwas. Sie sagen mir, dass ich mir das alles nicht eingebildet habe. Dass ich einmal eine Familie hatte.

Arbeitete meine Großmutter nicht im Gemüsegarten oder im Haus, saß sie an diesem Fenster mit Blick auf den Tankstellenhof. Sie hatte lange dunkle Haare, die ihr bis an die Hüften reichten, die sie aber als Dutt trug, eingeschlagen in einem Haarnetz, so wie die Rotröcke, die Frauen in Tracht aus unserer Gegend. Sie sah die Dorfbewohner, die mit ihren Autos auf den Hof und wieder wegfuhren, sie sah meinen Vater, wenn er mit dem Lieferwagen von den Baustellen heimkehrte, die Gesellen, die Lehrlinge, wie sie fegten oder ihr Werkzeug aus den Wagen trugen. Sie sah meinen Großvater im blauen Kittel, meine Mutter im weißen, die Stiefmütterchen in den Beeten vor der Tankstelle, die Ponys auf der Koppel gegenüber, die Trecker, die Mähdrescher, die Fußgänger, sie sah alles und jeden. Und wenn sie mich von der Schule zu Fuß nach Hause kommen sah, lächelte sie, und wenn ich sie hinter der Gardine erspähte, war das Zuhause.

Irgendwer schenkte mir mal das Buch *Erinnerungen eines Tankwartes*, in dem der Erzähler meint, die Bestimmung einer Tankstelle sei es, entweder ausgeraubt zu werden oder in die Luft zu fliegen, weswegen er als Tankwart ein Dasein im »neugierigen Warten« verbringe. Mein Großvater hätte gesagt: »Maiken, tu das Buch weg.«

Meine Großmutter war eine Weile fest davon überzeugt, die Baader-Meinhof-Bande wohne im Deister, es sei nur eine Frage der Zeit, bis sie die Tankstelle überfielen. Als in der *Bild*-Zeitung erste Berichte über eine seltsame Krankheit in den USA erschienen, war sie überzeugt, wir stürben bald alle an A. Ih. De. Ess. Sie war ein herzlicher, aber eben auch ein ängstlicher Mensch. Sie regte sich schnell auf, rief dann »Um Gottes willen« oder, wenn sie meinte, einer von uns sei in Gefahr, laut unsere Vornamen, also rief sie dauernd nach irgendeinem von uns, oft eine Kombination unser aller Vornamen. Sie glaubte nicht, dass alles gut war. Das Leben und zwei Weltkriege hatten ihr nicht beweisen können, dass alles gut bleiben würde. Sah sie mich rennen, rief sie: »Fall nicht hin, Kind!« *Fall nicht hin.* Ich kann mich heute noch exakt daran erinnern, wie das klang, die Tonhöhe, ihr Timbre, der Rhythmus ihrer Worte, ich kann diesen Satz noch genau so hören, wie sie ihn mir immer zugerufen hat, dabei ist das fast fünfzig Jahre her.

Ich habe mal gehört, dass *Fall nicht hin* bewirken kann, dass man tatsächlich hinfällt. Als könnte der Mensch, der es ruft, allein durch seine Vorstellungskraft bewirken, dass man sich auf die Nase legt. Jonas glaubt bei jedem Spiel seines Vereins, dass sie verlieren werden, selbst wenn sie in der 92. Minute noch in Führung liegen. Da ist er nicht der Einzige, und das ist ein Problem. »Die Fans in der Ostkurve dürfen nicht immer denken: Hoffentlich bekommen wir nicht noch einen rein«, sage ich. »Sie müssen denken: Jetzt noch ein Tor!« »So denken die aber nicht«, sagt er. Und er könne das auch schlecht.

Meine Eltern riefen anders *Fall nicht hin*. Sie legten großen Wert auf mein Betragen, mein Aussehen und meine Leistungen in der Schule. Sie hatten Schwierigkeiten gehabt, Taufpaten für mich zu finden. Ende der Sechziger war ein Ausländerkind fraglicher Herkunft eine Seltenheit im Dorf, und ihnen war klar, was man von mir hielt. Die Leute fragten sich, welche Gene bei mir im Lauf der Jahre »durchschlagen« würden. »Da weißt du nie, was drinsteckt«, hätte Bauer Luersen vielleicht zu Bauer Biesterfeld gesagt und damit gemeint, irgendwann würde ich auf »die schiefe Bahn« geraten, und dann dürfe man sich darüber auch nicht wundern.

Viele Jahre war ich davon überzeugt, dass mit mir tatsächlich etwas nicht stimmte. In mir war eine Fäulnis, ein Virus, ein Fluch, der um sich griff und die Familie von innen heraus zerstörte. Ich war sicher, das Unglück in diese Familie getragen zu haben. Sie implodierte, die Menschen wurden leiser, kränker. Sie starben plötzlich an Depressionen oder gingen auf andere Art am Leben kaputt. Erst starb mein Vater, als ich siebzehn war, in den Jahren darauf die anderen und nach einer langen, schweren Krankheit auch meine Mutter. Ich weiß, andere hatten noch nicht mal das, was ich hatte – siebzehn glückliche Jahre. Ich beklage mich nicht. Aber manchmal denke ich, ich habe ihnen kein Glück gebracht. Jonas meint, das Gegenteil sei der Fall. Ich sei der Grund gewesen, warum es überhaupt Glück geben konnte. Ich bin mir da nicht so sicher. Aber ich weiß auch, dass Menschen, die sich für besonders schlecht halten, nicht weniger größenwahnsinnig sind als jene, die denken, sie seien die Größten.

Bei den anderen Kindern wusste man, was »drinsteckt«. Sie besaßen die eng stehenden Augen ihrer Väter, dieselbe Stupsnase, die hohe Stirn, das wetterfeste Kinn, das bereits seit Generationen in ihrer Familie herumgetragen wurde.

Und obwohl manche darauf warteten, ich fiel nicht hin. Ich schrieb verlässlich Einsen, grüßte jeden im Dorf, trug Dirndl und Stoffhosen mit Druckknöpfen der Marke Hardy. Die anderen Kinder waren irre. Die Welt war verrückt.

Niemand wusste, wer in der Mühle am Waldrand hauste. Wer die Scheiben bei Gärtner Pfingsten eingeworfen hatte. Was so gefährlich an Gewittern war oder warum die *Bild*-Zeitung log. In der dritten Klasse erzählte unsere Lehrerin, dass nicht immer alles stimme, was drinstehe. Das halbe Dorf las diese Zeitung, und deswegen nahm ich, als ich das nächste Mal Tankdienst machte, heimlich ein paar Exemplare und schrieb das Wort »lügt« zwischen das Logo und das Wort *Sonntag*, sodass da stand: *Bild lügt am Sonntag*. Ich schob die von mir markierten Exemplare zurück in den Stapel und ging stiften. Natürlich gab es Ärger.

Ein anderes Mysterium war die silberne Kiste im Tankbüro. Durch eine Schiebetür aus Holz gelangte man in unser Hinterzimmer, in dem sich eine kleine Sitzecke und zwei Schreibtische befanden, an denen meine Mutter und mein Großvater Buchführung machten. In einer Nische zwischen Fenster und Tür hing eine silberne Kiste, die manchmal leise Geräusche von sich gab. Sie verband die Tankstelle mit dem Warnamt 3. Nach dem Beitritt der Bundesrepublik zur NATO wurden im ganzen Land solche Warnämter errichtet, um im Katastrophenfall den Zivilschutz, also das Rote Kreuz und andere Organisationen, zu informieren. Unseres hieß Warnamt 3 und befand sich in einem Schutzbunker im Deister. Bis in die Siebzigerjahre hinein hatten wir auf dem Dach der Tankstelle auch eine Luftschutzsirene, die das Warnamt im Verteidigungsfall in Gang setzen konnte. Aber damals wusste ich all das nicht. Ich wusste nur, dass ich die Kiste nicht anfassen durfte. Manchmal setzte ich mich nah heran und legte mein Ohr an das kühle Metall. Ich lauschte, aber nie hörte ich etwas anderes als ein leises *Tak tak tak*.

Tak tak tak – nur etwas lauter – machte auch die Pumpe für das Zweitakterbenzin. Es war eine längliche Röhre, unten Metall, oben Glas. Man bewegte einen Hebel hin und her, und dann sprudelte das Benzin nach oben in den Glasbehälter und mischte sich mit dem Öl zum Zweitakterbenzin. Wer Moped fuhr oder Mokick, brauchte dieses Gemisch. Ich liebte das *Tak tak tak*. Immer, wenn ein Moped auf unseren Hof fuhr, freute ich mich, denn manchmal durfte ich pumpen. Und *brömm, brömm, brööööömmmm* fuhren sie wieder weg vom Hof, hinaus in die Welt.

Jeder will lieben dürfen, wo er herkommt. Wenn man den Leuten sagt, dass ihr Zuhause nichts wert sei, ist das eine ganz schlechte Idee.

Otto und ich rennen schon vor halb sechs Uhr früh zur Steilküste. Ich lasse ihn ohne Leine laufen, denn ich kann mir nicht vorstellen, dass noch jemand zu dieser gottlosen Zeit seinen Hund ausführt. Er rennt vor, wartet am Tor, bis ich hinterherkomme, sieht mich, rennt weiter. Die Sonne ist noch nicht ganz aufgegangen, aber alles hat diese feinen Konturen, der Himmel ist puderblau, die Luft frisch, und das Meer patscht in einem entspannten Rhythmus unten an den Strand. Otto wartet am Gitterzaun des Funkturms, sieht mich und rennt weiter. Er wartet an der Ecke zur Steilküste, bis ich hinterherkomme. Ich begreife. Er passt auf mich auf. Nicht ich auf ihn.

Wir gehen den steilen Weg, der direkt zum Hausstrand führt. Plötzlich höre ich lautes Gekläffe. Ich nehme zwei Stufen auf einmal, renne die Böschung hinab und sehe, wie zwei kleine Hunde den armen Otto umkreisen. Er scheint gar nicht zu verstehen, was sie gegen ihn haben, und weicht den nach ihm schnappenden Mistviechern aus, aber sie kläffen und kläffen und hören nicht auf. Zugleich kommen zwei Frauen aus der Gegenrichtung.

»OTTO!«, brülle ich, »komm jetzt sofort hierher«, dabei kann er gar nichts dafür. Ich renne hin.

Die Frauen pfeifen ihre Minihyänen zurück. Ich nehme Otto an die Leine, er zittert, laut rufe ich: »Scheißtölen!«, und es ist mir egal, ob die Frauen Deutsch verstehen.

Die Suppe ist weg, der Topf steht gespült im Regal, und da liegt wieder ein Dankeszettel. Dieses Mal hat mein Gast lange braune, getrocknete Schoten auf der metallenen Arbeitsplatte liegen gelassen, daneben eine Packung Alfarroba-Mehl. Die Schoten sind Johannisbrotbaumfrüchte. Ich wusste nicht, dass man auch Mehl daraus machen kann, ich dachte immer, das Pulver wäre Kakaoersatz. Interessant. Ich öffne die Schränke, finde eine Kuchenform. Ich könnte tatsächlich etwas backen.

Wie um mich daran zu erinnern, dass ich nicht allein hier bin, hämmert es draußen. Vorsichtshalber schneide ich einen Knust von dem Maisbrot ab, das ich gekauft habe, und bunkere ihn in einer Ecke von Silberrücken. Dann laufe ich mit Otto raus. Die Betonmischmaschine schlampampt bereits, fröhlich ruft der Teddymann: »Bom diiiiiia!«, ich grüße zurück und lasse Otto bei den Handwerkern und João im Garten.

Vorweihnachtliche Lieder dudeln aus den Lautsprechern. In der Auslage der Kühltheke liegen bereits präparierte Braten. Es gibt gefüllte Gänse, gespickte Rehrücken, Wildschweinbraten, Schweinerollbraten und Steaks. Mandarinen- und Orangenscheiben leuchten im Neonlicht wie Schmucksteine auf den Brüsten der Enten. Kaufen nur Touristen so was oder auch Einheimische? Funkelnd reflektiert die Gelatine das Orange der Orangen, und die braune Haut der Ente leuchtet wie die eines eingeölten Sonnenanbeters. Die Auslage könnte aus einem Fünfzigerjahre-Kochbuch stammen, es ist eine Situation wie aus einem Musical, fehlt nur noch, dass einer anfängt zu singen. Reizüberflutet entscheide ich mich für eine Tiefkühlpizza, in der Backabteilung greife ich einmal quer in die Regale, kaufe Butterkekse, getrocknete Feigen, Mandeln, Backpulver und Zimt.

»Wenn ihr Weihnachten nicht hier seid, machen wir einfach ein Vorweihnachtsessen im November!«, schlug Lily vor. »Wir kommen zu euch und bringen alles mit, dann habt ihr keine Arbeit.« Wir stimmten zu. Wie sollte man da Nein sagen? Jonas würde ihnen ein Zimmer in dem neuen Hotel buchen, das ein befreundeter Architekt gerade entworfen hatte. Ich putzte die Wohnung.

Lily und Bernd trafen ein, gerade als ich ein veganes Hefeprojekt in den Ofen schob. Draußen begann es verfrüht zu schneeregnen, dicke Schneeflocken wehten an unser Küchenfenster und schmolzen sofort. Der Wind fegte durch die Bäume.

Bernd ist Lilys Lebensgefährte und emeritierter Professor für Ethik und noch was mit Religion. »Emeritiert« ist ein Wort, das ich immer »irritiert« aussprechen will, da gibt es eine verkehrte Verknüpfung in meinem Gehirn, und ihm täte ich damit unrecht. Er besitzt die harmonische Dichte eines schönen Popsongs, er ist wie ein Lied von Phil Collins, nur neigt er gelegentlich zur Frömmelei. Objektiv betrachtet sind Lily und er auch ein schönes Paar – sie, die elfenhafte Spät-Hippie-Frau, ein Mix aus wohlhabend und mirdochegal, und er, dessen

Wohlwollen ihre Stacheln umhüllt wie eine weiche Decke einen Seeigel.

»Wie schön, dich zu sehen, Kindchen«, rief Lily und kam zu mir in die Küche. »Wie *geht* es dir denn?«, fragte sie mit der Betonung auf »geht«, als träfen wir uns nicht zum Vorweihnachtsessen, sondern zu einer Beerdigung. »Ein Kollege von Bernd hatte auch mal Burn-out. Das muss man ernst nehmen ab fünfzig. Och, Gott, du backst doch nicht etwa? Wir haben extra Stollen mitgebracht. Wo kann ich das abstellen? Hast du einen Stabmixer? Oder besser noch, einen Thermomix? Nein? Den schenken wir euch nächstes Jahr, der ist ja so praktisch!«

Bevor ich »Nur über meine Leiche« erwidern konnte, sagte Jonas: »Komm doch erst mal an«, und nahm seiner Mutter die Tasche ab.

»Komm doch erst mal an« ist der kleine, fiese Bruder von »Das war doch nicht nötig« oder »Wer soll das denn alles essen«. Eigentlich gibt Bernd solche Sätze von sich – aus protestantischen Gründen, vermute ich –, aber vielleicht wollte Jonas, dass sie sich bei uns gleich wie zu Hause fühlten.

»Magst du ein Bier?«, fragte Jonas.

»Alles gut«, antwortete Bernd, was bedeuten konnte *Ja, ich will ein Bier* oder *Nein, ich will kein Bier* oder *Ich weiß nicht, was ich will*. Jonas schien zu wissen, was er meinte, denn er nahm zwei Bier aus dem Kühlschrank, öffnete sie und reichte eins Bernd.

»Mama, willst du ein Glas Crémant?«, fragte er.

»Sag nicht immer ›Mama‹ zu mir, natürlich will ich einen Drink.«

Leicht genervt legte ich den Stollen auf die Kuchenplatte. Ich hatte extra ihretwegen das Hefeding ohne Gluten, Butter und Eier zubereitet. Sie packte die Zutaten für den veganen Nussbraten aus, den sie machen wollte, und sang dabei irgendwas. Das tut sie häufig. Sie singt, wie ein Narkoleptiker einschläft, in den unmöglichsten Situationen. Sie singt am Tisch, wenn sich andere über etwas unterhalten, das sie nicht interessiert. Sie singt im Supermarkt in der Schlange vor der Kasse, im vollen Wartezimmer beim Arzt, in der Oper (während der Oper). Das ist eine Schrulle, aber es ist eigentlich gar keine. Es ist ihre Art zu sagen: Mir ist langweilig.

Abendelang kann sie über sozialen Kapitalismus und Rücksichtnahme referieren, doch in Wahrheit stiehlt sie die Aufmerksamkeit wie ein Ladendieb. Vielleicht ist das eine Schauspielerkrankheit. Vielleicht bin ich ungerecht. Nein, ganz sicher bin ich ungerecht. Lily setzt sich für soziale Projekte ein und arbeitet ehrenamtlich bei der Tafel. Sie engagiert sich für die richtigen Sachen, und sie liebt ihren Sohn. Was ist mein Problem? Warum fühle ich mich in ihrer Gegenwart ständig wie ein rückwärts durch die Hecke gezogener Lemur? Liegt es an ihren Fingernägeln? Sie sind leicht gebogen, vorne spitz zugefeilt und in einem schimmernden Ockergold lackiert. Sie haben etwas Krallenhaftes, das bewirkt, dass sie mir vorkommt wie ein Vogel, der nur darauf wartet, auf mir herumhacken zu dürfen.

Tik – das war angeblich das erste Wort. Damit meinte der prähistorische Mensch seine Finger. Lily redet und gestikuliert dabei, als würden ihre Finger simultan in Zeichensprache um Hilfe rufen: Wir halten es bald nicht mehr aus, ständig feilt sie an uns herum, und dieser Lack macht uns fertig, aber was sollen wir tun, wir hängen nun schon seit über siebzig Jahren an dieser Frau, bitte hilf uns und halt du ihr den Mund zu.

Als Kind war ihm das Verhalten seiner Mutter peinlich, weiß ich von Jonas. Er ist seinem Vater noch heute dankbar, dass der ihm das Internat erlaubt hat. Er wäre sonst als pubertierender Teenager nach Kalifornien verschleppt worden, man hätte ihm an einer Highschool das Gehirn verklebt und schwere emotionale Schäden zugefügt. So lernte er in Dänemark reiten, fechten, kiffen, küssen und entwickelte sich zu einem normalen gutbürgerlichen Teenager mit ein paar schiefen Zähnen, der seine Mutter weder hasste noch herbeisehnte, sie war einfach eine exotische Pflanze, die in seinen Breitengraden nicht gedieh. Sie war Schauspielerin und lebte in einem anderen Biotop, in einem Gewächshaus mit Namen USA, wo sie sich von seltsamen Dingen ernährte, Pilatesstunden gab und zu Castings ging.

Draußen wurde der Sturm heftiger. Hagel prasselte an unsere Wohnzimmerfenster. Ich kochte Kaffee. Wir schnitten den Stollen an, und Bernd und Lily erzählten abwechselnd vom Umbau ihres Hauses in Hamburg (diese Handwerker!) und der Cranio-Sacral-Therapie, die Bernd gerade bei dieser Super-Therapeutin in Harvestehude machte. Dann ging es um den Fußballmanager, der *völlig zu Recht* im Knast saß, die Bahn, die *nie* pünktlich kam, und die Migrationspolitik des Senats, die *ja wohl eine Vollkatastrophe* war.

»Ich denke ja immer, das wäre auch was für dich«, sagte Lily.

Ich hatte gerade nicht zugehört, fragte mich, ob sie vom Knast sprach oder von der Migrationspolitik, und ahnte ein Minenfeld.

»Eine energetische Behandlung!«, sagte sie.

Ich schob mir ein Stück Stollen in den Mund und machte ein vielseitiges Mhm-Geräusch.

»Ich *muss* dir die Nummer von der Therapeutin geben, die ist super, nicht, Bernd? Wie macht die das, sie drückt auf die Leber, und dann geht der Kopfschmerz weg, oder? Bernd?«

»Was sagst du, Schatz?«

»Wo drückt sie denn bei dir immer?«

»Och, überall«, grinste er.

Lily warf ihm einen bösen Blick zu und schob ihren Teller zur Seite. Sie aß nichts von dem Stollen, denn die Sonne war nur zu achtzig Prozent für vorzeitige Hautalterung verantwortlich, die anderen zwanzig Prozent machte der Zucker.

»Wissen die Ärzte denn jetzt, was es war? Es ist doch noch da, oder?«, fragte sie mich.

Ich schüttelte den Kopf und fragte mich, was sie mit »es« meinte. Meine Erschöpfung? Mich? Am liebsten hätte ich Jonas unter dem Tisch getreten, damit der mich rettete, aber er guckte schon seit einer Weile aufs Handy, als würden sich durch Hinstarren die Punkte der Tabelle verändern.

»Was gibt es denn da, Jonas?«, fragte Lily, der sein ständiges Aufs-Handy-Gestarre ebenfalls auf die Nerven zu gehen schien.

»Mama, lass mich.«

»Sag nicht immer ›Ma–‹ …«

»Fußball?«, fragte Bernd.

»Nein, euer Hotel«, sagte Jonas und legte das Handy weg. »Da hat irgendwas mit meiner Buchung nicht geklappt. Ich habe gerade eine Stornobestätigung bekommen.«

»Oh Gott, was machen wir denn jetzt?«, rief Lily.

»Natürlich bleibt ihr heute Nacht hier!«, sagte Jonas.

Und mir blieb nichts anderes übrig, als mit vollem Mund zu sagen: »Mapürlich.«

Etwas später guckten Jonas und Bernd Fußball, Lily mörserte Walnüsse. Missgelaunt bezog ich das Gästebett und schalt mich. In den meisten Familien war es völlig normal, mehr noch, ein Grund zur Freude, wenn man miteinander Zeit verbrachte. Viele unserer Freunde hatten, was das Elternthema anging, mit ganz anderen Fragen zu tun. Vorsorgevollmacht. Vollzeitpflege. Ich sollte mich freuen, dass Jonas' Mutter und Bernd noch so unternehmungslustig waren. Aber ich wurde mit ihnen einfach nicht warm. Sie erinnerten mich immer daran, dass meine Vorstellung von Eltern – lieb und ein bisschen langsam und ein bisschen weniger intensiv – hoffnungslos von gestern war.

Dann gab es Essen. Die Pilzsoße, besser gesagt die Fettpaste aus Pilzen, Zwiebeln und Kokosmilch, schmeckte wirklich nicht übel. Wie fluffiger, warmer veganer Brotaufstrich. Den Backstein hingegen konnte man kaum schneiden.

»Schmeckt es euch?«, fragte Lily.

»Alles gut«, sagte Bernd. Ich machte Kopfbewegungen. Jonas kaute, als hätte er Zähne aus Stahl.

»Spätestens in den Wechseljahren sollte man die Ernährung umstellen«, sagte Lily und warf mir einen vielsagenden Blick zu. »Der wichtigste Kampf einer Frau ab fünfzig ist der Kampf um die Taille.« Bevor ich reagieren konnte, rief sie: »Ach, wir haben euch ja noch was mitgebracht«, und holte einen Umschlag aus ihrem Gucci-Shopper.

»Ach, wie schön«, sagte Jonas, als er die Karte gelesen hatte. »Ein Gutschein für ein Wochenende in Lübeck. Danke, Mama. Danke, Bernd.«

»Sag nicht immer –«

»Lily, meine ich, danke!«

»Danke«, echote ich. Mein Magen grummelte.

»Sag mal, dieses Hotel, in das du über die Feiertage fährst«, fing Bernd an.

»Ja«, sagte ich.

»Fahren da auch Portugiesen hin?«, fragte er.

»Weiß ich nicht«, erwiderte ich wahrheitsgemäß. »Ich glaube, die Gäste kommen von überallher.«

»Das ist ja ganz schön schick. Wir haben das mal gegoogelt.«

»Aha«, sagte ich.

»Das sieht nicht so aus, als könnten sich Portugiesen das leisten. Also für uns wäre das ja nichts. Das ist schon ein bisschen dekadent, oder?«

Ich dachte, woher wollten sie denn wissen, was sich Portugiesen leisten konnten.

»Wenn ich da bin, ist es geschlossen«, verteidigte ich mich und ärgerte mich darüber, dass ich meinte, mich rechtfertigen zu müssen. Außerdem zog sich mein Bauch immer mehr zusammen.

»Wo wohnst du denn da?«

»Keine Ahnung, in irgendeinem Zimmer.«

»Aber Heizung und so habt ihr?«

Jonas lachte: »Jetzt macht euch mal keine Sorgen. Sie bekommt sogar einen Hund. Einen schwarzen Labrador. Ratet mal, wie der heißt? Otto!«

»Na, ob ihr das mal nicht zu viel wird«, sagte Lily.

»Öch«, entfuhr es mir.

»Geht es dir gut?«, fragte Lily.

»Ist alles okay?«, fragte Jonas.

»Es grummelt ein bisschen«, sagte ich.

»Ist dir schlecht?«, fragte Bernd.

»Aber doch nicht wegen meinem Nussbraten?«, fragte Lily besorgt.

»Nein, nur ein bisschen Bauchkneifen. Etwas Bewegung tut mir gut«, sagte ich, nahm meinen Teller und stand auf. Bernd erhob sich, um zu helfen.

»Nein, lass mal«, sagte ich.

Er ignorierte mich.

»Nein, bitte setz dich *wirklich* wieder hin«, sagte ich, etwas lauter. »Ich. Mach. Das.«

Ich trug die Teller in die Küche und wusste mit einem Mal, warum Hausfrauen immer sagen: »Bleib sitzen, du weißt doch gar nicht, wo was hinmuss, jetzt werd mal nicht ungemütlich.« Die Küche ist der einzige Ort, an dem sie verdammt noch mal ihre Ruhe haben.

Am nächsten Morgen sagte Bernd beim Anblick des Frühstückstisches: »Na, ob das man reicht.«

Lily runzelte die Stirn. »Hast du kein Bauchweh mehr?«, fragte sie, als wäre das nach zehn Stunden bemerkenswert. »Für mich hättest du den Aufwand aber nicht treiben müssen. Ich frühstücke doch nie. Vielleicht mal einen Apfel.«

Ich hatte wirklich nur ein bisschen zu viel Alles hingestellt. Es hatte Spaß gemacht, es anzurichten, die Servietten zu falten und am Ende eine Kerze anzuzünden, farblich passend zum Geschirr. Reg dich nicht auf, dachte ich. Sie kennen den Begriff *heile Welt* nur aus Filmen, die sie verabscheuen. Sie würden Glück nicht mit Worten wie *Sonntagsfrühstück* in Verbindung bringen. Sie finden dein Bemühen, so etwas wie Zuhause mit Essen heraufzubeschwören, zutiefst lächerlich. Sie sind ein anderer Jahrgang als deine Eltern. Jünger, wütender, gebildeter, arroganter, sie sind ohne Krieg aufgewachsen, sie haben Angst vor anderen Dingen.

Wir setzten uns, aber dann sagte Jonas: »Die Hotelbesitzerin hat gesagt, Frieda darf sich über Weihnachten Gäste einladen, also wenn ihr Lust habt, kommt uns da doch besuchen!«, und ich wurde bleich.

Ich erinnerte mich an einen Tag im Studio. Ich las die Hörbuchversion von *Troilus und Cressida*. Schmidt war einer der älteren Regisseure, mit denen ich gerne aufnahm. Er bestand selbst nach Jahren noch auf dem Sie und weigerte sich, in einem Studio zu arbeiten, das nur für ein paar Stunden gebucht war. »Mach hin macht Murks«, pflegte er zu sagen.

»Alle Dramen der Menschheitsgeschichte sind Familiengeschichten«, sagte Schmidt. »Das hat der Herr Shakespeare gut aufgeschrieben. Aber eigentlich ist die Familie doch recht uninteressant, finden Sie nicht?«

»Warum ist die Familie nicht interessant?«, fragte ich.

»Mit der Familie sind Sie eben verwandt«, sagte er. »Die bekommen Sie zugeteilt: den Körper, die Talente, die Erbkrankheiten, die Senkfüße, die Onkel. Nur den Partner dürfen Sie sich aussuchen. Das ist die einzige Entscheidung, die Sie im Leben aus freien Stücken fällen dürfen.«

»Was ist mit den Schwiegereltern?«, fragte ich. »Suche ich mir die auch aus?«

»Nein«, erwiderte er, »die bekommen Sie auch zugeteilt, und zwar über Bande.«

Wir stritten uns. Natürlich stritten wir uns. Jonas fand es »total okay«, diesen Gedanken an einen Besuch gehabt zu haben, und verstand meine Empörung nicht. »Dann sagen wir ihnen eben, dass es doch nicht passt.«

»Nein, dann wissen sie, dass ich sie nicht dahaben will.«

»Das ist doch auch die Wahrheit.«

»Ja, aber es ist ein Unterschied, ob sie denken, dass es nicht passt, oder ob sie wissen, dass ich es nicht will.«

»Mach dir keinen Kopf.«

»Ich mache mir keinen Kopf. Ich habe einen.«

»Du machst dir immer zu viele Gedanken.«

»Wieso immer?«

»Ich will nicht nach Argentinien«, sagt das Handy. Der Mann, der es mir hinhält, trägt eine hellbeige Latzhose, ein dunkelblaues T-Shirt, und auf seinem Bart wie auch auf dem dunklen Haar liegt ein feiner Film aus hellem Staub. Er und seine schubkarrenschiebenden Kollegen haben so viel davon aufgewirbelt, dass der gesamte Personalbereich von einer dicken grauen Schicht überzogen ist.

»Ich will auch nicht nach Argentinien«, antworte ich.

Der Mann lächelt. Ich deute auf sein Handy, er gibt es mir, ich tippe: »Was meinen Sie?«, und Google Translate sagt: »Ocki wocki Katzensee.«

Er nickt, spricht etwas hinein, und das Handy sagt: »Argentinien ist im Eimer.«

Bevor ich etwas zurücktippen kann, kommt der Teddymann. Die beiden unterhalten sich, und der Teddymann fragt mich auf Englisch: »Können Sie heute Abend bitte die Zwischentür abschließen?«

»Die da?«, frage ich und zeige auf die Tür zum Keller, momentan verborgen hinter Balken und Schutt.

Beide nicken.

»Ja, natürlich«, sage ich. »Abschließen kann ich«, sage ich dem Handy, und das Handy sagt: »Opossum kann kein Fado.«

Vielleicht ist es auch in Ordnung, dass ich meine Stimme verloren habe. Bald spricht die KI Nebenrollen, dann werde ich ohnehin ersetzt. Ein älterer Kollege, der einen berühmten Hollywoodschauspieler spricht, meinte unlängst, seine Agentin habe ihm geraten zu kooperieren. Er könne seine Stimme ohnehin nicht schützen, insofern sei er besser beraten, mit irgendwelchen App-Fritzen Verträge zu machen, dann verdienten wenigstens seine Enkel noch was. Als er mir das erzählte, fragte ich mich, wie die Welt wohl klingen wird, wenn die Stimmen der Toten die einzigen sind, die noch etwas sagen?

Kann die KI so tun, als fühle sie beim Lesen etwas? Kann man diese Resonanz hören, dieses unbeabsichtigte, zufällige Zittern in der Stimme, das bei jedem anders ist, weil es etwas mit unseren Biografien und Schwächen zu tun hat, mit der Tagesform, dem Luftdruck, den Gedanken, der Zahnstellung, dem Frühstück, der Gesamtheit des »Es gibt mich hier und jetzt«, das in jedem Menschen steckt, wenn er einen Ton von sich gibt? Oder eine Pause macht, zögert. Denn das Wort *synchron* ist ja eigentlich Unsinn. Es gibt keine Gleichzeitigkeit. Man kann ihn vielleicht nicht hören, aber fühlen, diesen winzigen Hohlraum zwischen Nun und Jetzt. Er ist dünn wie Pergament, ein hauchzarter Filter aus Empfindungswatte, beinahe durchlässig, eine leere Stelle Leben. Aber er beweist, dass wir keine Maschinen sind.

Ich packe meine Einkäufe weg und gehe in den Garten, um Otto zu suchen. Kopfschüttelnd marschiert João auf mich zu.

»Wie läuft es?«, frage ich.

»Ach, furchtbar«, sagt er und bleibt stehen. »Vorhin ist einer gegen die Glastür gelaufen, er wird gerade ins Krankenhaus nach Faro gefahren.«

»Ach, du liebe Güte.«

»Und dann der Weg! Sie sollten ein Mosaik legen. Ganz einfach, ein roter Stein, ein weißer Stein, ein roter Stein, ein weißer Stein, die weißen in die Mitte. Was haben sie getan? Komm, guck!«

Ich folge ihm und sehe das Unheil. Die Muster der Gehwege sind kariert, gestreift und gepunktet gleichzeitig.

»Sie waren kreativ«, seufzt João.

Ich finde es ganz hübsch, es erinnert ein bisschen an Miró.

»Moderne Kunst?«, versuche ich.

»Die Gäste!«, jammert João. »Die fallen doch hin, wenn die den Weg nicht sehen! Der Weg muss weiß sein. Zumindest ein Streifen weiß. Alles noch mal von vorne. Und bald ist Weihnachten!«

»Oje«, sage ich. »Aber da fällt mir was ein, João. Gibt es hier ein Restaurant, das an Weihnachten aufhat?«

»Ein paar Straßen weiter Richtung Albufeira«, sagt er, »da hat ein neues Hotel aufgemacht. Gehört einem Scheich, oder mehreren Scheichs, so genau weiß ich das nicht. Kannst du nicht übersehen.«

Etwas später stehe ich vor einer gigantischen weißen, von Rauten durchlöcherten Papierlaterne. Die Fassade des Hotels sieht aus, als wäre sie gerade aus einem 3-D-Drucker herausgewürgt worden. Ich betrete das Foyer und merke nach wenigen Minuten, es ist eins dieser Luxushotels, in denen immer irgendwo House-Musik läuft, die Wände zu hoch sind und Gräser in Rauchglasvasen vertrocknen. Der Fahrstuhl ist innen weiß verkleidet, goldene Griffe zieren die verschnörkelten Paneele. In den Fluren stehen die Lampen an der falschen Stelle, und auf dem Bartresen thront ein Blumengesteck, das wirkt, als habe ein Florist einen Vogel Strauß mit Ikebana vergewaltigt. In den Toiletten und Gängen hängen die immergleichen gerahmten Schwarz-Weiß-Fotografien von Marilyn, Greta und Elvis, als könnten sie diesem Un-Ort ein bisschen Nostalgie verleihen oder wenigstens Stil. Drei Frauen betreten die Bar, eine mit nach hinten gestrecktem Po, das Handy vor sich haltend wie eine Wünschelrute.

»Haben Sie reserviert?«, fragt mich die Kellnerin, die natürlich keine Kellnerin ist, sondern eine schick gekleidete Guest-Relations-Managerin. Sie lächelt falsch. Nein. Sie lächelt, wie der Laden wirkt. Ich lächele zurück. Das ist die Verabredung an solchen Orten: Wir sagen nicht, was wir denken, wir sehen nicht aus, wie wir uns fühlen, und wir tun so, als merkten wir nicht, dass hier alles nicht ganz echt ist.

Mein Großvater benutzte diesen Ausdruck häufig. Manni Tenhagen war nicht ganz echt, weil er beim Preisskat schummelte. Frau Läsemann war nicht ganz echt, weil sie ihren Mann betrog. Bäcker Lohausen war nicht ganz echt, weil er die Rumkugeln mit altem Brot streckte. Onkel Heini, der Schuster, war nicht ganz echt, weil er im Edeka Underbergs mitgehen ließ. Bauer Luersen war nicht ganz echt gewesen, als er die Grenzen zwischen der Feldmark und dem Everloh vermessen hatte. Und Riechmann, der Gärtner, war nicht ganz echt, weil er zu viel Baumschnitt berechnete, was aber nichts machte, denn mein Großvater schlug das auf seine Tankrechnung wieder drauf.

Vielleicht ist das heute einfach so, denke ich, während das nicht ganz echte Lächeln zwischen mir und der Guest-Relations-Managerin hin- und herwabert wie eine stehende Welle vergeudeter Zeit. Vielleicht gibt es keinen Misston, vielleicht höre ich verkehrt. Vielleicht ist die Verabredung eben überall: »Hey, ich erzähl dir Käse, du erzählst mir Käse, Hauptsache, du kommst mir nicht zu nah.« Vielleicht vertrauen die Menschen heutzutage einander aus Müdigkeit. Weil der ganze Käse so anstrengend ist.

Ich verabschiede mich, kehre zurück und mache mit Otto eine Runde. Am Meer denke ich an den Alabastermann. Was wäre, wenn er mir jetzt entgegenkäme? Wenn er mich gesucht hätte und gefunden, weil es ihm ebenso gegangen ist wie mir? Doch dann verscheuche ich den Gedanken. Selbst wenn, was sollte passieren? Er würde was sagen, und das wäre falsch. Oder er würde was fragen, und das wäre nervig.

Ich weiß noch, Jonas und ich waren beinahe schon zusammen, aber es war noch lose genug, dass ich mich eines Morgens um drei mit einem anderen Mann in meiner Küche wiederfand. Ich weiß beim besten Willen nicht mehr, wie das geschehen konnte, aber ich weiß noch genau, dass mir schlagartig klar wurde, worauf es hinauslaufen würde. Dann klingelte auch noch das Handy, es war Jonas, und ich schmiss den armen Mann hinaus. »Du musst jetzt gehen«, sagte ich, so wie Frauen im Film zu bedröppelten Typen sagen: »Mein Mann, der Mafiaboss ist, kommt gleich nach Hause. Du musst sofort verschwinden«, und schob ihn aus der Tür.

Auf dem Rückweg gehe ich durch den unteren Personaleingang. In der Wäschekammer gibt es Regale voller Handtücher, Servietten, Tischdecken, Bademäntel, Fußmatten, Kissenbezüge. Man möchte sich hineinwerfen, hineinkrabbeln, sich da drin verbuddeln wie ein Kind. Es duftet, so wie es früher bei uns gerochen hat, im Bügelzimmer, in dem die Heißmangel meiner Großmutter stand. Ein großes Geheimnis schöner Hotels: weiche Handtücher. Näher kann ein Haus seinen Gästen nicht kommen. Doch es ist leider überhaupt kein Geheimnis, es liegt an der Qualität der Baumwolle, das weiß ich von der Besitzerin.

In der Personalküche zerkleinere ich die Butterkekse, schneide die Feigen, schmelze Butter, nehme gehackte Mandeln dazu und mache daraus einen Teig für den Kuchenboden. Im Oberschrank finde ich eine Sorte helle Marmelade. Feigenkürbis, interessant. Ich mahle den Rest der Mandeln, verschlage Eier, Zucker, Butter, gebe ein, zwei gute Löffel der Marmelade dazu und zum Schluss das Alfarroba-Mehl und den Rest der trockenen Zutaten. In der gebutterten Form backe ich die Tarte etwa zwanzig Minuten bei 180 Grad. Sie duftet herrlich, und endlich fühle ich mich in dieser Küche wohl. Ich stelle den Alfarroba-Mandel-Feigenkuchen zum Abkühlen auf den metallenen Tisch und schiebe die Tiefkühlpizza in den noch heißen Ofen.

Otto sitzt schon wieder auf der Balustrade. Regungslos wie eine Steinfigur auf den Zinnen einer Burgmauer. Er duldet es täglich, dass Menschen Steine in seinem Garten umherschleppen. Er erlaubt es ihnen, Bäume und Büsche zu frisieren. Still blickt er über den Garten, die Bucht, das Meer. Er lässt Wolken ziehen. Er lässt die winzigen Spaziergänger am Hausstrand

Muscheln sammeln, lässt die Boote der Oktopusfischer fahren, gelegentlich dreht er sich zu mir um. Ich schaue zurück, und inzwischen habe ich auch nicht mehr das Gefühl, ich muss was sagen.

Ich esse die eine Hälfte meiner Pizza und betrachte das Wolkenspiel am Himmel. Ich fühle mich wie auf einem Schiff, und auf der Brücke sitzt der liebe Gott und passt auf. Es ist okay, wenn man an solchen Abenden über nichts weiter nachdenkt. Es ist auch okay, wenn man an solchen Abenden Pizza isst und eine Serie streamt, in der die weibliche Fußballmannschaft einer Highschool in der kanadischen Wildnis eine Bruchlandung macht. Wenn man dann einschläft.

Im Traum gehe ich nach Westen. Die Wellen platschen an den Strand, Leute kommen mir entgegen, Muscheln knacken unter meinen Füßen, Angler stehen im Gegenlicht, Knutts rennen hin und her und her und hin. Doch die Zeit kommt nicht mit. Die Wellen wiederholen sich, die Angler, die Knutts. Mit einer kristallinen Gewissheit weiß ich, dass das für immer so bleiben wird. Die Zeit wird keinen Halt mehr finden, der Strand wird nicht enden, es wird nie wieder Abend, auch nicht Nacht. Ich werde niemanden wiedersehen. Niemanden, der mich kennt, der weiß, wer ich bin. Ich bin durch einen Spalt gefallen, und ich bin allein. Dieses plötzliche Wissen macht sich in meiner Brust breit wie ein Tiefdruckgebiet. Ein Loch tut sich auf, ein Hohlraum ohne Boden. Etwas greift von dort an mein Herz und fasst zugleich ins Leere. Mir ist, als falle ich rückwärts ins Bodenlose. Ich rudere mit den Armen, weiß nicht mehr, was ich tun soll. Um Hilfe rufen? Weglaufen? Es ist sinnlos, auch das weiß ich. Ich gehöre nirgendwohin, und das spüre ich auf einmal überdeutlich. Es ist wie schlimmes Bauchweh, nur überall, von innen heraus, es wohnt unter der Haut, hinter den Augen, in meinen Armen, Beinen, und in diesem Durcheinander aus Wasser und Licht und Herzweh und Nichts wache ich auf.

Mein Herz hämmert an die Rippen, mein Hals ist ganz trocken, es tut immer noch weh, innen drin, überall, im Kopf, im Körper. Ich will die Sinne abstellen, weil ich es kaum aushalte. Ich setze mich auf, mache das Licht an. Otto springt auf.

Das Zimmer kommt mir fremd vor, wie eine Anklage, was will ich überhaupt hier? Ich muss weg. Egal wohin, Hauptsache, schnell. Ich stehe auf, gehe in den begehbaren Kleiderschrank, ziehe mir Sportzeug an und lege ein paar Sachen in den Koffer, öffne den Safe, nehme meinen Pass und meinen Hausschlüssel raus, lege beides in den Koffer, dann gehe ich ins Bad, um den Kulturbeutel zu packen, und bleibe vor dem Spiegel stehen. Was ist nur mit mir los?

Dann liege ich wach in dem Riesenbett in dem großen Haus, in dem alles beige oder weiß oder braun ist, damit die Farben des Meeres, des Himmels und des Gartens zur Geltung kommen. In dem alles ordentlich sortiert ist, die Polster gestapelt, die Korbmöbel ineinander verschachtelt, die Gänge mit Plastik ausgelegt. In dem es rumst und staubt. In dem ich nichts zu suchen habe, in dem ich verloren gegangen bin. Heimweh ist eine Schlucht, in die man nicht zu sehen wagt, weil der Schmerz dann keinen Boden hat.

Telefonklingeln schreckt mich aus dem Schlaf. Es ist dunkel. Die Uhr zeigt halb sechs.

»Otto?«, rufe ich. Otto ist weg. Das Telefon auf meinem Nachttisch klingelt. Wer ruft mich an? Jetzt? Hier? Ich nehme ab und höre eine hohe Stimme, abgehackte Worte, im Hintergrund piept es. Die Stimme klingt aufgeregt. »Kommen Sie«, sagt sie. »Kommen Sie. Schnell!«

Ich ziehe mir die Steppweste über das Sportzeug, schlüpfe in die Sneaker, laufe raus und höre von unten aus dem Büro das Piepen des Feueralarms. Otto läuft mir entgegen und wedelt mit dem Schwanz.

Ein kleiner Mann leuchtet mit seiner Taschenlampe in den Kasten an der Wand und blickt mich Hilfe suchend an. »Der Feueralarm. Bitte helfen Sie«, sagt er und drückt hektisch einen Knopf nach dem anderen. Er ist vielleicht Mitte siebzig, aber genau kann ich das nicht einschätzen, er scheint aus dem asiatischen Raum zu stammen, trägt einen indigoblauen Overall und hat einen eckigen Kopf, den ein schwarzer Haarkranz umschmeichelt. Sein Overall erinnert mich an den blauen Kittel meines Großvaters.

Ich drücke die Knöpfe für den Reset, so wie João mir das gezeigt hat. Das Piepen hört auf. »So, jetzt ist er aus.«

Er seufzt und lächelt erleichtert.

»Brennt es denn?«, frage ich.

Ein zweiter Seufzer. »Wir müssen nachsehen. Ich bin Herr Higuchi. Ich bin der Nachtwächter.«

»Ich bin Frieda«, sage ich.

»Ich weiß«, sagt er. »Sie passen auf das Hotel auf.«

Wir holen die Schlüssel aus der Kommode und gehen los. Er heiße Tomo Higuchi, sagt er, in Japan aber andersherum, also mit vollem Namen Higuchi Tomoharu. Ich könne Herr Higuchi zu ihm sagen, oder Higuchi-san. Oder Tomo, das täten alle.

Wir gehen, flankiert von Otto, erst in den einen Flügel, dann in den anderen, schauen in allen Zimmern nach. Dann ziehen wir Anoraks an und gehen nach draußen. Der Wind ist weich und streicht Feuchtigkeit in unsere Gesichter. Im Osten verfärbt sich der Himmel hinter der Steilküste. Herr Higuchi leuchtet mit der Taschenlampe in die Büsche. Otto trottet neben ihm her, als wären die zwei beste Freunde. Vielleicht geht Otto nachts stiften, denke ich. Vielleicht ist es nicht das erste Mal, dass er mit Herrn Higuchi ums Hotel streift, so viel, wie er tagsüber immer pennt.

Wir gehen von den Lagerräumen hoch zum Spa-Gebäude, dann den steilen Pfad hinunter zum Meer, ganz langsam, denn es ist rutschig. Herr Higuchi prüft das Gartentor, leuchtet in die Fenster des Poolhäuschens, dann gehen wir die verwinkelte Gartentreppe nach oben auf die Terrasse, umrunden das Haus, sehen in den Wintergarten, schauen in der Hauptküche nach, nichts. Im Kühlraum auch nichts. Wir stehen im Personalbereich.

»Sind Sie das mit dem Essen?«, frage ich ihn unvermittelt. »Sind Sie mein unsichtbarer Gast?«

Verlegen schaut er zur Seite.

»Also, der Kuchen!«, sagt er dann. »Der Kuchen! Der war vielleicht gut! War da Honig drin? Sie sind doch nicht verärgert? Ich habe immer was für Sie dagelassen, aus unserem Garten. Meine Frau backt auch manchmal, ich kann nicht backen, ich kann überhaupt gar nicht kochen. Nur essen, das kann ich.«

»Ich bin auch ein Naturtalent«, grinse ich. »Besonders gut kann ich Süßes.«

Lächelnd tätschelt sich Herr Higuchi den Bauch. »Ich muss abnehmen, sagt meine Frau. Jeden Morgen bekomme ich Reis, mittags Gemüse und am Abend einen Salat. Aber ich frage Sie, wie soll das gehen? Einen Salat? Das ist doch kein Leben! Salat mit Huhn. Salat mit Algen. Salat mit Ei. Salat mit Salat.«

Während er spricht, stellt er den Wasserkocher an und holt aus einem Seitenfach des Küchenschranks, das ich bisher übersehen habe, zwei Teetassen aus Porzellan.

»Ich habe Sie erschreckt«, stellt er etwas später fest. Wir trinken wohlschmeckenden Tee, auf dem Beutel lese ich *Mariage Frères*. Er schmeckt leicht zitronig, und das Aroma ist stark, aber ganz fein. So einen Tee habe ich noch nie getrunken.

»Ich konnte eh nicht schlafen«, sage ich und erzähle dann, dass ich einen schlimmen Traum gehabt habe. Damit er mich nicht für überspannt hält, füge ich hinzu, dass es mich hier schon manchmal etwas gruselt, worauf mir einfällt, dass ich die Sache damit nicht besser mache, weswegen ich tue, was ich oft tue, wenn ein Eindruck nicht mehr zu retten ist: Ich begrabe das Peinliche unter einem Berg von Worten.

Möglicherweise hätte ich Heimweh. Oder es spuke wirklich, wer wisse so was schon, immerhin schliefen hier lauter fremde Leute, die hinterließen ihre Eindrücke, wie das eben so sei in Hotels, vielleicht wurde der ein oder andere Eindruck nicht eingepackt und streune seit mehreren Saisons verwirrt durch die Gänge. Nachts. Im Dunkeln. Mh?

Herr Higuchi nickt ernst. Er habe sich inzwischen daran gewöhnt, sagt er.

Woran, frage ich.

Na ja, mal sei es heiter, mal sei es trübe.

Ich will fragen, ob er vom Wetter spricht oder von Gespenstern, aber plötzlich hat er es eilig, aufzubrechen. Vielleicht hält er mich doch für meschugge?

»Mögen Sie Tomatenmarmelade?«, fragt er. »Meine Frau hat gerade welche gemacht, die ist sehr gut. Nicht, dass ich viel davon abbekomme, aber.«

»Gerne«, sage ich. »Ich habe noch nie Tomatenmarmelade gegessen und würde gerne mal welche probieren. Mögen Sie Rindfleisch?«

Seine Augen strafen sein »Ja, aber bitte machen Sie meinetwegen keine Umstände!« Lügen.

Ich lüfte die Nummern 6, 12 und 14 und setze mich in einen Korbstuhl auf die heile Hälfte der halb gepflasterten Terrasse. Es ist neun Uhr. Sonntag. Heute kommen die Handwerker nicht, aber es fühlt sich nicht nach Sonntag an. Ich schaue den Surfern dabei zu, wie sie in Erwartung einer Welle auf und ab wippen. In mir wippt es ebenfalls. Die unfertige Baustelle versetzt mich in die Stimmung, selber eine unfertige Baustelle zu sein. Da die Tasse, die steht falsch. Auf dem Tisch liegt Staub.

Die Polster liegen unordentlich auf dem Boden. Habe ich die Küchentür zugemacht? Sollte ich nicht mal waschen?

Ich denke an Jonas und verspüre den Wunsch, Dinge zu tun, die er auch tun würde. Ich lege mich wieder ins Bett und versuche, noch ein bisschen zu schlafen. Ich mache einen Haufen aus Klamotten und räume ihn ans Fußende des Bettes. Ich gehe zum Rechner und sehe mir die Tabelle an. Ich gucke die erste halbe Stunde von *Expendables*. Ich überlege, ob ich *Oasis* hören soll, aber es gibt Grenzen.

Die Sonne scheint. Also raus. Ich gehe mit Otto ans Meer, nur kommen wir nicht weit. Er zerrt und zieht, und ich habe keine Lust, mich zerren und ziehen zu lassen. Geht das anderen Hundebesitzern auch so? Nervt ein Hund irgendwann? Habe ich Otto nicht mehr gern? Oder anders, habe ich Otto nur deswegen gerngehabt, weil ich seiner noch nicht müde war? Was sagt das über meine Liebesfähigkeit aus?

»Dann gehen wir eben nicht spazieren«, sage ich. »Dann liegen wir eben rum. Du wirst schon sehen, was du davon hast. Gicht! Herzkranzverfettung. Arthrose!«

Etwas später liegt er mit der Schnauze auf den Pfoten und döst in der Sonne. Ich sitze im Wintergarten auf dem Sofa und esse ein überbackenes Sandwich mit Oregano, das hätte Jonas jetzt auch gemocht.

Ein watteweiches Nichts füllt den Tag aus. Nichts, was ich tun muss. Nichts, was ich tun will. Spazieren gehen? Lesen? Schreiben? Den Beckenrand der Realität loslassen, das wäre Schreiben, aber ich fühle mich verkehrt. Warum ist auf einmal alles so – falsch? Wie ich hier sitze, wie das Meer rauscht, wie mich die Möbel zurückanstarren. Ich bin ein Eindringling. Die weißen Hocker, der Flügel, die prunkvollen Spiegel, die marokkanischen Kacheln, die Schnitzereien, der Teppich oben, der so weich ist, dass man immerzu nur barfuß laufen will. All das gehört mir nicht. Ich tue so, als wäre ich hier zu Hause, aber ich schmücke mich mit Narrengold und wohne in einem Palast, der sich gestohlen anfühlt. Ich gehe nach oben, betrete die Suite und bleibe vor dem Spiegel stehen.

Es ist immer eine Frage der Perspektive. Ob die Welt eine verlässliche ist oder nicht. Nach der Beerdigung meines Vaters wusste ich, dass man mir etwas vorenthielt. Betrat ich einen Raum, hörten die anderen auf zu sprechen. Ging ich durchs Dorf, guckten mich die Leute noch unverhohlener an als sonst. So was. Ich stellte das Haus auf den Kopf und fand Unterlagen. Natürlich fand ich sie. Ich las darin diesen seltsamen Vornamen, von dem ich nicht mal wusste, wie man ihn richtig aussprach: meinen.

Das Erste, was ich tat, war: Ich stellte mich vor unseren Badezimmerspiegel. Ich berührte meine Wangen, meine Nase, strich über meinen Mund, meine Haare, drehte den Kopf mal hierhin, mal dahin. Draußen zwitscherte der Sommer, Blätter rauschten, Vögel piepten, und aus dem Spiegel heraus sah mich jemand an, den ich kannte und gleichzeitig zum ersten Mal sah. Etwas stimmte nicht mehr. Ich sah nicht mehr aus wie ich. Da fehlte was oder war dazugekommen, ich wusste es nicht. Ich hätte es auch nicht sagen können. Ich hatte Motten im Mund. Die Worte waren da, aber sie flatterten mit staubigen, zerbrechlichen Flügeln umher, machten mir die Kehle trocken und ließen sich nicht ordnen.

Ich glaube, in diesem Moment geschah, was man heute bei Computern als Reset beschreiben würde, so wie man beim

Mac gleichzeitig verschiedene Tasten drückt und dadurch einen Neustart erzwingt. Oder wie wenn man den Pinöpel drückt, der den Kilometerzähler eines Autos wieder auf null bringt. In meinem Pass stand zwar noch, dass ich siebzehn Jahre alt war, aber ich war auch null, und mein null Jahre altes Bewusstsein begriff: Die anderen Kinder waren nicht geisteskrank gewesen. Sie hatten die Wahrheit gesagt.

Das Zweite, was ich tat, war: Ich fuhr mit dem Fahrrad zu meiner Schulfreundin ein paar Dörfer weiter. Sie saß gerade in ihrem Zimmer und lernte, obwohl wir Sommerferien hatten. Ich erzählte ihr, was ich herausgefunden hatte. Sie tröstete mich und sagte: »Weißt du noch, dass du oft gesagt hast, wie anders du dich fühlst? Du hast sie nicht kapiert und sie dich nicht. Du hast dich allein gefühlt. Weißt du nicht mehr? Du hast gesagt, es wäre schön, wenn du ein Seitensprung deiner Mutter wärst, vielleicht würde das alles erklären. Das hast du selbst gesagt.« Und irgendwas war in ihrer Stimme, sie sprach höher, schneller, tiefer, langsamer – ich könnte heute gar nicht mehr sagen, was genau es war.

Wenn man nicht weiß, wem man vertrauen kann, macht es keinen Unterschied, ob man allen oder niemandem vertraut. Das war es, was ich an jenem Tag begriff: Ich hatte keinen Kontext mehr. Ich war frei.

»Du heißt also gar nicht Frieda?«, fragte Jonas, als ich ihm davon erzählte.

»Doch, ich heiße Frieda, hieß aber mal anders.«

»Wolltest du nie deinen echten Namen zurückhaben?«

»Frieda ist mein echter Name. Es ist der Vorname meiner Großmutter väterlicherseits.«

Würde ich den Moment vor dem Spiegel heute beschreiben,

war es wie dieses leichte Hintenüberfallen, das Buddhisten beim Meditieren erleben. Wie der Lama sagt: »Fühl den formlosen Luftstrom an der Nasenspitze vorbeiziehen.« Ich fühlte damals den formlosen Luftstrom und fiel hintenüber, löste mich aus mir heraus und setzte mich dann aus den Teilen, die noch funktionierten, neu zusammen. Ich ging entzwei, doch zeitgleich fiel etwas in mir auf den Punkt, quasi auf sich drauf. Von da an improvisierte ich. So wie beim Kochen, wenn man nicht eingekauft hat und in den Kühlschrank sieht und sich fragt: »Na, was kann ich denn mal Schönes zaubern?«

Einer der absurden Gedanken, die mir damals ebenfalls durch den Kopf gingen, war: Dann habe ich ja gar keinen Stammbaum mehr. Als wäre ein Mensch ein Hund oder eine Zuchtstute. Aber ich dachte genau dieses Wort und empfand meine ungeklärte Herkunft als Verschmutzung, als Makel, der dazu führen würde, dass mir eine »gute Partie« verwehrt bliebe. Dabei war ein Ehemann an meinem Ereignishorizont nie vorgekommen. Überhaupt: heiraten! Ich hatte anderes mit meinem Leben vorgehabt, als mich auf einen anderen Menschen (und dann auch noch einen Mann) zu verlassen. Sich auf etwas verlassen, sowieso, was war das eigentlich für ein Ausdruck? Wen verließ man eigentlich, wenn man sich auf etwas verließ?

Jahre später, als ich das Haus meiner Eltern ausräumte, fand ich in den Bücherkisten auf dem Dachboden auch eine Quittung. Meine Mutter hatte sie ausgefüllt, es war die Anzahlung für einen Sprachkurs in Cambridge, der im Sommer stattfinden sollte, in dem mein Vater starb. Das hatte ich komplett verdrängt. Was wäre gewesen, wenn ich in jenem Sommer in Cambridge Englisch gelernt hätte? Wenn mein Vater nicht gestorben wäre? Wenn mir meine Eltern irgendwann in Ruhe alles erklärt hätten? Wenn ich mich bei ihnen hätte bedanken können?

Manchmal vermisse ich dieses Mädchen. Es ist, als hätte ich Heimweh nach einer Möglichkeit von mir selbst. Das allererste Leben, das mir entgangen war, fehlt mir nie. Ich kann es mir nicht vorstellen. Aber dieses Mädchen, das Eltern hatte, das die *Smiths* und *Bruce Springsteen* hörte und davon träumte, einen Sprachkurs in England zu machen – das vermisse ich.

Und ich war wütend. Viele Jahre war ich wütend. Es war eine unförmige, gestaltlose und furchtbare Wut. Eine wahllose Wut, die alles um mich herum traf, was nicht schnell genug in Deckung gehen konnte, und oft genug war ich einfach nur wütend auf mich selbst. Mit Verstehen kam ich nicht weiter. Ich verstand alles, aber ich war nicht ein Jota weniger wütend. Im Gegenteil.

»Wie geht Verzeihen?«, fragte ich Jonas einmal »Ist das so eine Art Drüberstehen, Danebenstehen? Stellt man sich woandershin, wo es einen nicht mehr berührt?«

Oft gehe dem Verzeihen eine Entschuldigung voraus, sagte Jonas.

»Und wenn sich niemand entschuldigt?«, fragte ich. »Weil er gestorben ist, weil er krank ist, weil er anderer Meinung ist? Soll man sich eine Entschuldigung einbilden?«

»Ja«, sagte er, »dann bildest du sie dir einfach ein.«

Es ist Jahre her, ich lebte in einer anderen Stadt und arbeitete in einem Büro, als mich mein Abteilungsleiter zum Mittagessen einlud. Wir gingen in das Restaurant gegenüber. Das Lokal hieß Prinz Myschkin – passenderweise, wie ich fand: ein

Ort, benannt nach dem *Idiot* von Dostojewski, gegenüber einer Büroetage voller Angeber. Als ich mit meinen drei Kugeln Pistazieneis fertig war, meinte mein Vorgesetzter, er mache sich Sorgen, ich sei so still geworden. Er fragte, ob ich mich in der Stadt inzwischen zu Hause fühlte.

Auf keinen Fall, sagte ich. Die Stadt sei mir fremd geblieben. Doch das liege nicht an den Menschen, die meisten waren ja freundlich. Nein. Ich hätte immer schon Probleme mit dem Begriff Zuhause gehabt.

Wie das, fragte er.

Und vielleicht lag es am Eis, das mich gerade so glücklich gemacht hatte, oder daran, dass ich wusste, ich würde da eh bald kündigen, jedenfalls erzählte ich ihm die Geschichte meiner Herkunft und auch, dass ich die ersten siebzehn Jahre angenommen hatte, jemand anders zu sein.

Ach, sagte er. Dann sei bei mir also der Vertrauenschip durchgeglüht. Das würde ja viel erklären.

Ich fragte mich, warum er mein Gehirn mit einer Platine verglich, und vor allem, was das »viel« war, das das erklären würde, aber mir gefiel der Begriff Vertrauenschip, den ich bis heute nicht vergessen habe.

Das Telefon klingelt. Jonas fragt: »Wie geht es dir?«, und eigentlich wollte ich doch fröhlich klingen.

In solchen Situationen schaltet er sofort um und sagt Sinnvolles. In soundso vielen Stunden sei er doch schon da. Kein Wunder, dass ich schlecht träumen würde, wenn es im Zimmer kalt sei. Was ich denn zu essen kochen würde heute Abend. Ach so. Und welche Senfsorte? Gerührt, weil er weiß, wie es mich beruhigt, an Rezepte zu denken, antworte ich schluchzend: »Extra schahaharf.« Netterweise lacht er nicht, sondern fragt ernst und ruhig, ob es zu den Rouladen vielleicht Sauerkraut gebe oder Kartoffelpü.

Gitarrenmusik weht über die leere Straße. Im Surfercafé stehen Stühle und Tische auf dem Rasen, Leute stehen drum herum, so voll ist es. Über dem Meer färbt sich der Himmel pudrig blau.

»Otto, Platz«, sage ich vor dem Supermarkteingang, und er setzt sich hin.

Ich googele beim Gehen, was Roulade auf Portugiesisch heißt. *Rocambole. Rocambole de carne.* Das bestelle ich beim Fleischer. Was Rouladen angeht, bin ich eine Senf-Gürkchen-Mett-Traditionalistin. Ich weiß, es gibt Leute, die ihre Rouladen mit Speckstreifen füllen oder mit Silberzwiebeln. So einen Unsinn tue ich Herrn Higuchi nicht an. Er bekommt die klassischen und einen Knust. Als Clou gebe ich etwas später, als ich fast fertig bin, einen Klacks Tomatenmarmelade in die Soße und bin gespannt, ob er es herausschmeckt.

Irgendwann wird es draußen Abend. Otto döst am Sofa, die Liebesvögel hopsen von Stange zu Stange, das Rauschen schlägt sich durch die Gänge. Ich betrachte das Muster der bunten Azulejos hinter der Bar. Ich glaube inzwischen, eine Familie ist wie ein Mosaik. Man kann nicht nachträglich Steine einfügen, und wenn man welche entfernt, bleibt da immer ein Loch.

Die drei Palmenköppe wippen mit ihren Palmblatthaaren im Wind. Otto nagt an seinem Noppenball. »Komm, Otto, wir gehen noch mal vor die Tür«, sage ich.

Er trottet hinter mir her. Die Luft ist seltsam warm. Es weht und ist diesig. Es herrscht eine Stimmung wie an Schiffstagen, wenn man auf einem Passagierschiff fährt. Wenn man nirgendwo an Land geht, wenn man die ganze Zeit auf See ist, wenn es nichts zu sehen gibt, was eigentlich am schönsten ist. Passagiere bleiben dann drin, spielen Bingo oder Karten, lesen Bücher oder trinken Tee. Otto und ich gehen zum Hausstrand, finden ein paar Holzstücke, sonst nichts. Es ist, als hätte sich die Küste leer gefegt. Ein unbemanntes Raumschiff.

Kurz vor meiner Abreise fuhren Jonas und ich zu einem verfrühten vorweihnachtlichen Dinner zu seinem Chef nach Brandenburg aufs Land. Ich weiß beim besten Willen nicht, warum Menschen meinen, sie müssen ein Fest, das ohnehin schon anstrengend genug ist, vorfeiern, und das mehrfach, aber möglicherweise haben Leute wie Jonas' Chef ihre Designerscheunen nur zu diesem Zweck in die Uckermark gebaut – als Hintergrundmotiv für Weihnachtskarten, als Location, damit sie einmal im Jahr sagen können: »Kommt uns doch mal *draußen* besuchen.« Als würden wir aus unseren Mietwohnungen nicht auch ab und zu mal nach *draußen* gehen.

Es wurde bereits dunkel. Ich fuhr, das Navi führte uns in ein Waldstück. Jonas starrte auf sein Handy.

»Kannst du bitte mal nachsehen, wo wir sind?«, fragte ich ihn.

»Wie bitte?«, fragte er.

Jonas stellt Gegenfragen, um Zeit zu gewinnen, das ist ein Reflex aus Trotz und aus der Kindheit. Es gibt Männer, die machen das ein Leben lang. Das weiß ich von anderen Frauen.

»Bitte sieh nach, wo wir genau sind«, wiederholte ich, obwohl ich wusste, dass er es nicht tun würde, weil er es nie tat.

»Da vorne. Fahr einen U-Turn«, sagte er.

Obwohl ich instinktiv wusste, dass das ein Fehler war, fuhr ich einen U-Turn. Jonas starrte weiter auf den Bildschirm. Ich wusste, warum. Gestern hatte der Verein einen rechten Außenverteidiger verpflichtet, einen Brasilianer. Linksfuß.

»Könntest du *bitte endlich* nachsehen, wo wir sind?«, fragte ich genervt, denn erstens war das noch immer die falsche Richtung, und zweitens hatte ich von Anfang an keine Lust gehabt, seinen großtuerischen Boss in seiner doofen Scheune zu besuchen, und drittens fuhr plötzlich hinter uns irgendein Typ mit diesen »Unheimliche Begegnung der dritten Art«-Scheinwerfern, die einen ganz wuschig machen können.

Könnte der feine Herr nicht wenigstens ein Mal tun, worum ich bitte?, dachte ich wütend. Aber nein, der feine Herr hat ja noch nicht mal eine Navi-App auf seinem Handy, weil er Apps kategorisch ablehnt, so wie er Social Media ablehnt und Onlinebanking, weswegen mein Datenvolumen immer vor Monatsende aufgebraucht ist.

»Kannst du *bitte endlich* verdammt noch mal mein Handy nehmen und nachgucken? Das steckt in der Tasche hinter meinem Sitz, an die komme ich gerade nicht ran. MANN!«

»Entspann dich«, sagte Jonas.

Entspann dich ist ein Brandbeschleuniger. *Mach dir keinen Kopf* ist eine Herdplatte. Aber *Entspann dich* ist das Benzin, das Dinge explodieren lässt.

»Dann fahr du doch«, sagte ich wütend. »Aber nein, Mister Supermann sitzt neben mir rum und starrt auf nackte Männerbeine, die Tabelle oder liest den Transfermarkt oder guckt Pressekonferenz, weil dieser beknackte Verein schon wieder irgendwen gefeuert hat oder noch immer absteigt.«

Beruhige dich, mahnte eine Stimme in meinem Kopf. Dann hupte der Armleuchter hinter uns, und ich haute mit aller Wucht auf unsere Hupe und hörte mich plötzlich brüllen, meine Wut reichte bis zum Rachen hinauf.

Wieso brülle ich denn?, dachte ich. Aber es war zu spät. Jonas schrie nämlich auch, und ich dachte: Ich hasse dich, du Fußballverrückter, Sockenliegenlasser, Sohn einer hysterischen Pestbeule, mit dem ich auf gar keinen Fall Weihnachten feiern will, und heiraten will ich dich auch nicht, am Ende wirst du im Alter noch irre wie deine Mutter ... Na ja, so in dem Stil. Dann, endlich, sah ich eine Parkbucht und brachte den Wagen zum Stehen. Man baut Unfälle, wenn man wütend fährt. Negative Energie kann sich manifestieren, und davon gab es eine Menge in dieser Blechdose. Hupend zog der Affe an uns vorbei. Regen fiel auf die Scheiben. Schweigend saßen wir nebeneinander.

Später auf dem Rückweg schämte ich mich noch immer und fragte mich nicht zum ersten Mal, ob ich Jonas richtig liebte. Also nicht, ob ich ihn liebte, dessen war ich mir sicher, aber ob mir nicht irgendwas fehlte, eine Zutat, ein Gewürz, ein Element, das mich befähigte, eine dauerhaft ausgeglichene, liebevolle Frau zu sein. Eine ohne Wut.

Vielleicht war er bloß jemand, der mich nicht dabei störte, allein zu sein? Jemand, der sich von meinem Wunsch nach wohldosierter Minimalnähe ernähren konnte, weil er selber so ein Hungerleider war? Zwei Menschen, die die Einsamkeit lieben, werden ein Paar. Obwohl, nein, er liebte die Einsamkeit ja gar nicht.

»Ich weiß nicht, was heute in mich gefahren ist«, sagte ich, als wir wieder zu Hause waren.

»Das musste eben raus«, sagte Jonas.

»Ich bin immer noch so wütend.«

»Wegen Portugal? Mach dir nicht immer so viele Gedanken. Wir müssen meine Eltern nicht einladen. Das war eine ganz, ganz dumme Idee von mir.«

»Ja, aber dann wissen sie, dass ich sie nicht leiden kann.«

»Kannst du doch auch nicht.«

Ich verzog den Mund.

»Du bist es eben gewohnt, alles allein machen zu müssen«, erwiderte Jonas.

Ich bin ja auch allein, wollte ich sagen, aber dann hätte er gesagt: Du *bist* nicht allein.

Ich habe ein Fetzenherz, wollte ich sagen.

»Du bist der mutigste Mensch, den ich kenne«, sagte Jonas und sah mich dabei so ernst und aufrichtig an, dass ich hätte losheulen können.

»Ich bin nicht mutig«, erwiderte ich. »Ich habe Angst. Ich habe eigentlich immer Angst, und ich weiß nicht, ob ich die jemals loswerde.«

»Ich habe auch Angst«, sagte Jonas. »Das ist in Ordnung.«

Auf der Anrichte steht ein Teller. Darauf liegen drei runde, helle Kekse, die aussehen wie überdimensionale Oblaten, in ihrer Mitte sitzt eine Blüte. Ein Herbarium in einem Reiskeks.

»Möchten Sie einen Tee?«, fragt Herr Higuchi, der gerade heißes Wasser in eine Kanne gießt.

»Was ist das für Tee? Der duftet so gut.«

»Gerösteter Grüntee. Der muss nur ganz kurz ziehen.«

»Die Kekse sind sehr schön.«

»Genau«, erwidert Herr Higuchi. »Deswegen essen wir sie. Bitte.«

Ich zögere. Eine der Blüten sieht aus wie ein Stiefmütterchen. »Wir hatten solche in den Beeten vor der Tankstelle.« Ich beiße ab. Er ist zart und schmeckt leicht nach Lavendel.

»In Japan sagen die Teemeister, dass die Tasse nicht die Tasse ist, sondern die Leere, in die Tee gegossen wird«, sagt Herr Higuchi.

»Das ist mir zu hoch«, antworte ich.

»Das Wesen einer Tasse ist nicht ihre Form, sondern das, was die Form umschließt«, sagt er und hält die Tasse hoch. »Nur der Tee, nicht die Tasse.«

»Aaaaah«, rufe ich, »das gefällt mir. Dann ist das Wesen dieses Hotels nicht das Mauerwerk, sondern die Gäste, die darin wohnen?«

»Ich fürchte, nein«, erwidert Herr Higuchi lachend. »Das Wesen dieses Hotels ist es, Geld zu erwirtschaften. Es umschließt quasi seine eigene Rentabilität.«

Otto fühlt sich angesprochen, springt auf und wedelt mit dem Schwanz.

»Er denkt, er bekommt Käse«, sagt Herr Higuchi mit einem Blick auf den kleinen Kühlschrank, in dem Käse, Aufschnitt, Milch und Butter für die Handwerker lagern, die sich morgens hier was zu essen machen. »Ich würde vielmehr sagen, das Wesen der vorzüglichen Roulade war das Gürkchen.«

»Und die Tomatenmarmelade.«

»Die Tomatenmarmelade?«

»Die war in der Soße. Und Chili.«

»Raffiniert! Meine Frau hat mir heute Auberginen für Sie mitgegeben, und Reis«, sagt Herr Higuchi und stellt eine Tüte auf den Tisch.

»Danke, Higuchi-san«, sage ich. Ich verbeuge mich, in der Hoffnung, keinen kulturellen Fehler zu machen.

»Keine Ursache, Frieda-san«, antwortet er und verbeugt sich auch.

»Wie kocht man den?«, fragte mich Bernd bei seiner letzten Geburtstagsfeier. Er stand vor einer Schale mit kunstvoll dekoriertem Reis. Lily hatte ein syrisch-persisches Buffet kommen lassen, und Bernd war ganz hingerissen von den Gerichten, vor allem vom Safranreis, dessen Kruste golden schimmerte.

»Was?«

»Den Reis.«

»Mit Wasser?«, erwiderte ich vorsichtig.

»Ja, nein, ich meine, richtig. Wie macht man den richtig? Wie machen den die Leute aus dem Orient?«

»Woher soll ich das wissen?«, antwortete ich.

»Du bist doch von da.«

»Nein, ich bin nicht von da.«

»Wie, du bist nicht von da?«

»Ich bin nicht von da.«

»Aber weißt du es denn?«

»Nein. Und ich habe auch keinen Migrationshintergrund«, sagte ich, obwohl ich genau wusste, wie man den Reis zubereitete. »Ich bin in etwas hineingeraten.«

»Wie meinst du das?«

Ich sagte, möglicherweise hätte ich mir zu lange eingeredet, deutsch zu sein, sodass mir meine genetische Herkunft oder Abstammung oder wie auch immer das hieß nicht passen wollte, wie zu enge Schuhe oder zu große Hosen. Natürlich hatte ich über die Kultur und die Geschichte meiner biologischen Vorfahren gelesen, ich hatte Volkshochschulkurse in dieser schönen Sprache belegt, Filme gesehen, Bücher gelesen, doch was hätte ich in ihr sagen können? Ich besaß keine gelebte Nähe. Ich konnte nicht wahrhaftig über etwas sprechen, das ich nicht am eigenen Leib erfahren hatte. Reis, ja, den konnte ich kochen. Aber wenn man ehrlich war, war ich ein Tourist, so wie Bernd. Meine Herkunft war eine Sehenswürdigkeit.

Selbst später, als ich meiner Abstammung so nahe kam, dass etwas hätte *klick* machen müssen, änderte sich daran nichts. Ich gab mir alle Mühe, alle gaben sich Mühe, aber es gelang nicht. Ich stellte Fragen. Wie seht ihr aus, woran glaubt ihr, wie schmeckt das? Ich erhielt Informationen. Ach, da ist meine Nase. Wie schön! Oh, echt jetzt?

Ich wollte kein zweites Zuhause, da ich ja wusste, dass sich das, was man landläufig Zuhause nennt, jederzeit in Luft auflösen kann. Ich suchte nach einer Form von Aufrichtigkeit, die mich zur Liebe zwingen würde. Aber das konnten die anderen nicht wissen. Sie dachten, ich kehre heim.

Das Letzte erzählte ich Bernd natürlich nicht, er hatte ja bloß nach dem Reis gefragt. Ich hätte ihm etwas über das Gefühl des Fremdseins erzählen können, aber eben aus einer ziemlich lachhaften Perspektive. Ich war ein Pferd unter Kühen gewesen, das geglaubt hatte, es sei auch eine Kuh, aber das Gefühl nie losgeworden war, dass irgendwas nicht stimmte. Neulich habe ich erfahren, dass es Clickworker gibt, die dafür bezahlt werden, Fotos zu betrachten und dann anzuklicken, ob es sich bei dem abgebildeten Tier um ein Pferd oder eine Kuh handelt. Die künstliche Intelligenz kann das nämlich auch nicht unterschieden. Sehen, ob da ein Pferd ist oder eine Kuh.

»Fachkräfte!«, sagte Jonas' Chef an jenem Abend in der Uckermark. »Man hat uns doch Fachkräfte versprochen. Wo sind die denn?«

Wir saßen nach dem Essen an dem großen Tisch in der Mitte der Scheune. Die Männer waren beim Schnaps und das Gespräch in der vermeintlichen Mitte der Gesellschaft angekommen. Jonas' Chef war ein ruhiger, besonnener Mann Ende vierzig. Er hatte uns bereits sachlich auseinandergesetzt, warum der russische Präsident bald die Atombombe zünden werde, wie gut der konservative Präsidentschaftskandidat den USA tue, dass man den *Mainstream-Medien* nicht mehr trauen könne und warum es gut sei, wenn »wir« die Grenzen endlich dichtmachen würden. Das funktioniere ja in Australien auch ganz wunderbar. Also, wo waren sie denn nun, die Fachkräfte?

Ich fragte mich, wer ihm persönlich eine Fachkraft versprochen hatte oder ob er fand, dass Jonas nicht genug arbeitete. Dann fragte ich mich, ab wann er auch mich als jemanden sehen würde, vor dem er die Grenze dichtmachen wollte.

Jonas, der in Gesprächen die Angewohnheit hatte, ruhig zuzuhören und vernünftige Fragen zu stellen und wieder zuzuhören, merkte natürlich nicht, wie sich mir die Kehle zuschnürte.

Es ergab ja auch keinen Sinn Es war paradox. Fragte mich jemand wie Bernd nach Reis, wollte ich die mit den Kartoffeln sein. Aber sobald es gegen Migranten ging, griff mich das an, ich spürte Furcht, wollte mich verkriechen und wegducken, um nicht entdeckt zu werden. Ich bekam unerklärliche Angst. Angst, alles zu verlieren, was mir aus einem irren, glücklichen Zufall zuteilgeworden war. Angst, aufzuwachen und in dem Albtraum zu landen, nirgendwo willkommen zu sein. Es war ein Versehen des Lebens, dass mich diese deutsche Familie aufgenommen hatte. Es war eine Phase, eine Frage der Zeit, bis das Schicksal das korrigieren würde.

Ich weiß. Man kann das nicht vergleichen. Natürlich kann man das nicht, weil man es auch lassen sollte, dauernd alles mit allem zu vergleichen. Ein Leben ist individuell. Zahlen kann man vergleichen. Zentimeter. Liter. Aber doch bitte keine Lebensläufe!

Aber man vergleicht es dann ja doch. Und wie fühlt man sich im Vergleich zu ihr, die flüchten musste? Oder zu ihm, der alles verloren hat? Es ist ein beschämendes Gefühl, dieses Sich-in-sich-selber-nicht-zu-Hause-Fühlen, wenn man doch eine Wohnung hat und Freunde und keinen Hunger leidet und die Ängste nicht mit einem Gewehr vor einem stehen, sondern nur in einem wohnen. Es ist ein nahezu unsagbares Fremdsein, ein Heimweh-Tinnitus, ein Funksignal, das sich nicht abstellen lässt, diese eigenartige Fremdheit, die ich als innere Vertriebenheit beschreiben würde, könnte ich darüber sprechen.

Man wird auch hellhörig, ein aufmerksamkeitsbegabter Mensch. An guten Tagen wohnt in jeder Melodie, jedem Satz, jedem vorbeifliegenden Vogel ein Geheimnis. An guten Tagen entdecke ich die Welt im Sandkorn, so wie William Blake. An guten Tagen wohnen Gestalten im Himmel, in den Ecken leben Schatten, die an den Wänden tanzen, und die Wellen erzählen Geschichten. An schlechten Tagen aber fühle ich mich von Unwahrheiten und Unaufrichtigkeiten umzingelt, als bestünde die Welt aus feinen Nadeln und Stacheln. An schlechten Tagen lausche ich den feinen Signalen des Willkommenseins oder Unwillkommenseins, ich versuche zu erspüren, wo sich Satire versteckt oder ein böser Scherz, ein falsches Lachen, ein verräterischer Blick – ich zerbreche mir die Köpfe anderer Leute und bin die ganze Zeit außer mir. Das ist ein gleichzeitig herrlicher und beängstigender Ort, dieses Außersichsein. So wie alles im Leben gleichzeitig herrlich und beängstigend ist. Menschen sind herrlich. Menschen sind beängstigend. Das ist es ja gerade.

Ich gehe mit Otto nach Osten, wo die Küste aus vielen kleinen Buchten besteht. Er zieht an der Leine, und ich falle beinahe zwischen zwei Felsen. Immer wieder wird aus dem Spazierweg ein schmaler Grat, in den gerade mal so ein Fuß hineinpasst. Der Weg führt am Meer entlang, dann wieder schlängelt er sich durchs Dickicht, schlängelt sich über die Klippen zurück zum Wasser. Wir sehen weiß gekalkte Anwesen, ein leeres Restaurant, die quadratischen Apartments des 3-D-Hotels, dann wieder eine Brachfläche, auf der Bäume und Büsche stehen, und ein paar verfallene, nicht fertig gebaute Steinruinen, mit Graffiti beschmiert.

Wer baut so was? Sowieso: Wer macht hier Urlaub? Sicher, hier ist das Meer. Warm ist es im Sommer. Heiß. Aber schön ist es hier nicht. Dieser Teil der Algarve hat keinen Charme, er besitzt kein Leben, es ist eine gänzlich freudlose Gegend, aber vielleicht täusche ich mich, und die Lebensfreude verbirgt sich. Vielleicht lieben die Menschen diese Ungegend gerade, weil sie einen so in Ruhe lässt.

Dann stehe ich plötzlich vor einem brutal wirkenden grauen Steinklotz, in den große Glasplatten eingelassen sind. Ein Architekt aus Lissabon baue momentan in ganz Portugal solche Häuser, hat die Besitzerin erzählt. Raue, an Ruinen erinnernde Betonklöpse mit diesem weitwinkligen Dach portugiesischer Scheunen, oft inmitten einer ungezähmten Natur. Diese Ferienhäuser seien auf eine Weise unspektakulär, dass es schon fast aufdringlich sei. Alles sei teuer, aber nichts tue sich hervor. Nicht die weißen Sofas, die im Laden fünftausend Euro und im Einkauf die Hälfte kosten. Nicht die schwarzen Mobiles. Nicht der weiße Marmorblock, in den weiße, runde Kochplatten eingelassen sind. Nirgendwo gebe es Griffe, nur

Löcher. Alle Fenster seien Türen. Jedes Bild sei eine sich mit dem Licht und dem Wetter ständig verändernde Landschaftsmalerei. Man könne diese brutalistischen Häuser nicht ablehnen, denn das würde bedeuten, man wäre böse auf die Natur. Das Paraíso sei auch so, sagte die Besitzerin. Man könne dort nicht wütend auf seine Umgebung sein, weil man dann wütend aufs Meer wäre.

Auf dem Rückweg ist die Sonne hinter dunklen Wolken verschwunden. Ein Glitzerteppichfetzen tanzt auf der Mitte des Meeres. Eine weite Wolkenfront schiebt Regen und Licht vor sich her, die Wolken flirren wie Schatzkutschen.

Ich gehe durch den Garten und sehe, dass der Weg fertig geworden ist, ein weißer Streifen verläuft in der Mitte. Ein paar Mitarbeiter kehren die Blätter zusammen. An der Terrasse sind Pflöcke in den Boden gesteckt worden, zwischen denen ein Bindfaden markiert, wo der Rest der Pflastersteine hinsoll. »Bom diiiia«, ruft der Teddymann. Ich grüße zurück.

Dann gehe ich noch mal los und kaufe Dosentomaten und Kurkuma. Als ich fertig bin, dekoriere ich das Mirza Ghasemi mit Koriander, denn es ist eines der Gerichte, die wunderbar schmecken, auch wenn sie nicht so aussehen.

An diesem Abend mache ich ein Feuer an, es gelingt mir sogar nach mehreren Versuchen. Gegen Mitternacht springt Otto auf, geht zur Tür, wedelt mit dem Schwanz, als würde er sagen wollen: »Wärst du bitte so freundlich?«

Ich lasse ihn raus, er rennt runter zu Herrn Higuchi, der vor dem Büro steht.

»Guten Abend, Higuchi-san«, rufe ich.

»Guten Abend, Frieda-san.«

Im Traum sitze ich mit Herrn Higuchi auf einer Tatami-Matte. Wir befinden uns in einem japanischen Teehaus, es ist schwarz und braun und sehr geräumig, obwohl Teehäuser in Wahrheit oft klein sind. Aber das hier ist groß wie eine Mehrzweckhalle. Ich weiß nicht, worüber wir sprechen, aber im Traum spielt jemand eine schöne Melodie, und was wir sagen, ist etwas Kristallines.

»Was ist Heimat?«, frage ich.

»Ein Mensch«, antwortet Herr Higuchi.

»Menschen ändern sich«, sage ich.

»Heimat auch«, sagt er.

Oder so.

In der Küche steht eine Schale mit ovalen Miniorangen. Auf dem Zettel lese ich: Das sind Kinkan. Sie bringen Wohlstand. Man kann die Schale mitessen.

»Komm, Otto. Erst mal Gassi.«

Ich rufe dem Teddymann »Bom dia« zu, winke João und verlasse den Garten durch den hinteren Ausgang. An der Steilküste bleibe ich stehen.

Jemand hat die beiden dahin gestellt. Sie sind wie ein Gemälde, als gehörte ihnen die Klippe. Ein grauhaariger Mann steht am Abhang und blickt aufs Meer. Er hat nur ein Bein und stützt sich auf eine Krücke. Ein nackenkissenförmiger cognacfarbener Hund steht neben ihm.

Nach einer Weile wendet der Mann sich vom Meer ab und geht mit seiner Krücke langsam zum Parkplatz. Der Hund folgt ihm. Sie besteigen einen weißen Minilieferwagen mit nur drei Rädern. Er lässt den Motor an und fährt weg. Warmer Wind streicht über mein Gesicht.

Meiner Tante Sofie – eigentlich war sie meine Großtante – war oft elend. Es wurde nie gesagt, was »elend« bedeutete, ob sie Bauchschmerzen hatte oder Kopfweh oder ob ihr die Beine wehtaten. Ihr war elend. Das war's.

Sie lag im Wohnzimmer auf einer Récamiere unter der Blümchentapete einer Dachschräge gegenüber dem Fernseher. Jedes Mal, wenn ich zu Besuch kam, lächelte sie, setzte sich kurz auf, sagte: »Ach, wie schön, dass du da bist, Kindchen«, dann legte sie sich wieder hin.

Sie war bereits als Vierzehnjährige »in Stellung gegangen«, so nannte man das früher, wenn ein junges Mädchen in einer adeligen Familie arbeitete. Auf einem alten Foto, das leider verloren gegangen ist, sah man eine elegante junge Dame in weißer Spitzenbluse mit Stehkragen und dunklem, langem, engem Rock. Dichte, leicht gewellte Haare umgaben ihren Kopf wie ein Halo, sie hatte große dunkle Augen, von denen ich mir als Kind wünschte, meine sähen später auch mal so aus. Sie ähnelte auf dem Foto einem Schmetterling aus Samt und Seide. Willem, ihr Verlobter, konnte vermutlich sein Glück kaum fassen, so schön war sie. Gegen Kriegsende wurden sie ausgebombt und zogen zu meinen Großeltern in das Haus an der Tankstelle. Sie waren zwei von insgesamt 550 Geflüchteten, die in den Nachkriegsjahren zu den 650 Einwohnern in unser Dorf kamen, die meisten von ihnen waren völlig mittellos. Als ich Ende der 1960er geboren wurde, wohnten sie jedoch längst in einem weißen, zweistöckigen Haus am Dorfrand, und in ihrem Garten wuchsen Apfel-, Kirsch-, Pflaumen- und Birnbäume und Beerensträucher. In ihrem Keller gab es Regale voller Weckgläser mit Obst und Gemüse und Flaschen mit Most. Ich erinnere, wie ich als Kind im Baum saß und Kirschen pflückte,

Einmachgläser stapelte, beim Einkochen half. Ich erinnere Onkel Willems alten K70 in der Garage, mit dem wir Ausfahrten in den nahe gelegenen Tierpark machten. Und ich erinnere, dass Tante Sofie nie mitkam.

Sie trug auch keine eleganten Sachen mehr, sondern wie die meisten Frauen bei uns im Dorf einen Kittel. Das war in unserer Gegend so eine Art Uniform. Alle Frauen trugen einen Kittel, in unserer Familie auch die Männer. Wer keinen Kittel trug, war Bauer oder irgendwo angestellt. Mit den Jahren wurde Tante Sofie grau und nahm zu. Ich hatte den Eindruck, das Elendsein wuchs um sie herum wie ein Kokon. Sie kehrte zurück in den Verpuppungszustand. Irgendwann würde sie sich nicht mehr bewegen. Sie würde einschlafen, man müsste dann ein wenig warten, und dann würde vielleicht aus ihrem Körper ein Wesen hervorbrechen, das noch schöner wäre als der Schmetterling, der sie einmal gewesen war. Ein Fabelwesen mit gewaltigen Schwingen, großen braunen Augen, übervoll mit Hoffnung und Glück. Das stellte ich mir als Kind vor, aber es kam natürlich nicht so.

Doch davon will ich nicht erzählen. Ich will von dem Kokon erzählen, von dieser Hülle, die einen Menschen umgeben kann, eine Hülle, die aus Blümchentapete und dem Fernsehprogramm besteht, aus Aal mit Schwarzbrot und Ananastorte, aus Erinnerungen an weiße Blusen und goldene Armbänder, die man nicht weiterverschenken kann, ohne dass es Neid und Zank in der Familie gibt. Ein Kokon, den man um sich webt, um Erinnerungen zu bewahren, und der einen davor beschützt, dass das Leben pikst und drückt und zwickt.

Als ich den Mann auf der Klippe stehen sehe, fürchte ich mich davor, dass ich längst in so einem Kokon stecke. Dass ich mein Leben falsch rum lebe. Dass ich vielleicht einmal ein Schmetterling war und nun einen Kokon um mich herum gewoben habe, aus dem ich mich nicht mehr befreien kann.

Wir gehen zum Hausstrand. Otto wirft sich in die Brandung, rennt wieder hoch, dann zurück ins Meer. Ich sammele zwei Plastiktüten ein, einen Kanister und ein Brett. Ich will mit Otto bis zum schlafenden Restaurant, drehe aber nach der halben Strecke um. Im Surfercafé stellt man mir einen Americano hin, ohne dass ich ihn bestellt habe. Zurück im Hotel, füttere ich die Liebesvögel. Ich lüfte zwei Zimmer. Ich spiele Klavier. Ich sitze auf dem Sofa und schaue raus. Und es ist wieder erst elf.

Ich spüre, wie die Zeit nicht vergeht. Ich stelle mir vor, Herr Higuchi kommt zurück, weil er was vergessen hat, und wir unterhalten uns über das Universum und die Leere. Ich stelle mir vor, Jonas wäre schon da, und wir sitzen alle drei am Tisch und spielen Skat. Ich stelle mir vor, ich fahre nach Santa Luzia, und an meinem Fenster ziehen Felder und Büsche und knorrige Bäume vorbei. Der Alabastermann steht am Strand, sieht mich und sagt: »Da bist du ja endlich.« Ich stelle mir vor, ich könnte entkommen.

Gab es bei uns früher im Dorf Feste, etwa das Feuerwehr- oder Schützenfest, wurde jedes Mal ein Autoscooter aufgebaut. Ich weiß gar nicht, ob es so was heute noch gibt, aber damals war das der Dreh- und Angelpunkt, an dem sich die Dorfjugend traf. Die Musik war Schrott, aber mir gefielen die Fähnchen, das Ineinandergefahre, das Herumstehen, das Beobachtetwerden, das Beobachten.

An einem Abend hatte ich kein Geld, um zu fahren, und

auch keine Lust, ich wollte da einfach nur stehen und gucken und hören, wozu jeder aus dem Dorf in der Disco tanzte, nur ich nicht, weil ich nicht in die Disco durfte: F. R. David. Trans-X. Valerie Dore.

Es war warm, und irgendwer fragte mich, ob ich irgendwohin mitfahren wollte, und kurz darauf saß ich in einem Scirocco oder Manta oder Ford Capri auf dem Beifahrersitz und war mit Hosenträgergurten angeschnallt, das weiß ich noch, diese seltsamen Gurte, die einen wie enge Hosenträger an den Sitz banden. Mein Fenster war unten, die warme Luft wehte mir ins Gesicht, und von draußen duftete es nach Heu und nach Feld, nach gemähtem Gras, und ein sanfter Hauch Gülle mischte sich mit dem eines späten Sommerabends. Wir fuhren die Landstraße entlang, bogen auf einen Feldweg, im Radio lief irgendwas von Madonna, wir hielten, und ich fragte, wo sind wir, und der Typ, dessen Namen ich längst vergessen habe, stieg aus und sagte, wir holen nur irgendwas bei meinem Kumpel Dingsbums ab, und ging in ein Bauernhaus am Ende des Feldwegs. Ich überlegte, ob ich zurücklaufen sollte, aber das hätte viel zu lange gedauert. Es würde auffliegen, dass ich ausgerückt war, einfach so in einen Wagen gestiegen, ohne zu wissen, wer der Fahrer war. Keiner wusste, wo ich war, auch meine Eltern nicht, vermutlich hatte mich nicht mal jemand gesehen, ich hatte getan, was man nicht tun sollte, und genau deswegen hatte ich überhaupt keine Lust auf den Ärger, der mir blühen würde. Also blieb ich und lief dem Typen hinterher.

Und dann saßen wir in einem Zimmer mit anderen Typen und Frauen, und alle waren älter, tranken Bier, rauchten, redeten, und ich nervte den Typen so lange, bis er sein Bier austrank, seufzte, in den Wagen stieg und mich zurück zum Fest fuhr, wo ich ausstieg und mich wieder an den Autoscooter stellte. Die gleichen Popsongs liefen, ringsherum standen Leute und guckten zu, wie die Wagen im Kreis fuhren, alles war wie vorher, nur ich war eine andere geworden. Ich fragte mich, ob man mir das ansah. Dabei war nichts passiert. Ich war nur ausgerückt und wieder zurückgekommen. Mehr nicht.

Es gibt sie im ganz normalen Leben, diese Kippmomente, in denen man aufwacht, und man ist jemand anders geworden. Manchmal verwandelt sich etwas Vertrautes in etwas Schreckliches, etwas, das man liebt, in etwas, das man nicht mehr erträgt. Aber meistens ist es banal.

Jonas schreibt, ob ich ihn morgen abhole. Bevor ich antworten kann, höre ich ein *flap, flap, flap, bum*. Es ist ein Geräusch, als würde ein Papierfächer rasend schnell auf- und zuklappen, gefolgt von einem dumpfen Schlag. Ich springe auf.

Da! Ein blaues Federknäuel. Und es fliegt wieder gegen die Scheibe. *Bum*. Oh nein. Ich wage es nicht, näher hinzugehen, am Ende regt sich der Vogel noch mehr auf. *Flap, flap, flap, bum*. Hinter der Scheibe leuchtet der blaue Himmel, die roten Blütenstände der Palmen wiegen sich im Wind. Er will raus, er will in die Freiheit, klar will der Liebesvogel ins Paradies. Schwimmer spüren, wann sie eine Wende machen müssen. Vögel nicht. Die drehen nicht um und fliegen zurück und hin und her zwischen den Fenstern eines Raumes. So ein Vogel hat nur das Licht der Freiheit im Sinn. *Bumm*, jetzt sieht man einen Fleck an der Scheibe. Ist das Blut? Wo ist der andere Vogel? Aus dem Augenwinkel sehe ich, die Käfigtür steht offen. Mist. Mit einem ungesund klingenden *Rumms* ist der Kleine erneut gegen die Scheibe geflogen und fällt auf die Terrakottafliesen. Sein Flügel ist seltsam verrenkt, der Kopf blutig, seine Krallen greifen in die Luft. Er zuckt, zittert, dann rührt er sich nicht mehr. Otto tapst hin.

»Chega, Otto! Aus!«, rufe ich aus Angst, er frisst den Vogel, aber Ottos schwarze Schnauze schnüffelt nur. Er hebt den Kopf, schaut hoch, ein Oje.

»Oje, kannste laut sagen.« Ich nehme eine Serviette und lege sie über den Vogel.

Wo ist der andere? Ich schaue in den Käfig. Der verwitwete Liebesvogel sitzt regungslos auf der Stange und guckt mich an. Hat er schon begriffen, dass er nun allein auf der Welt ist? Dass die große Liebe seines Lebens tot unter einer Serviette liegt? Kann er das fühlen? Wie empfindsam sind Vögel? Er legt den Kopf schräg.

Es ist bekannt, dass Elvis einen Bruder hatte. Sein Zwilling Jesse Garon kam tot vor ihm auf die Welt. Ich frage mich manchmal, ob Elvis die Abwesenheit seines Bruders spüren konnte. Ob man die Abwesenheit von Blutsverwandten fühlen kann, egal, ob sie leben oder nicht. Ich frage mich nie, ob es irgendeinen Sinn ergibt, dass der eine gestorben ist, während der andere lebt. Oder dass ein Kind in einem Leben landet und ein anderes keins bekommt.

Ich mache den Käfig zu, klappe den Flügel auf und spiele eine Tonleiter. Ich übe den Daumenuntersatz. Der Vogel rutscht hin und her. Ist er bereits schwermütig? Vielleicht sollte ich lieber etwas Fröhliches spielen? Ablenken, es gilt jetzt, den Witwer oder die Witwe abzulenken.

Am Nachmittag begrabe ich den Liebesvogel bei den Strelitzien mit Blick aufs Meer und schreibe eine Nachricht an die Besitzerin. Früher oder später muss ich es ihr beichten. Ich schreibe, dass es mir leidtut, und frage sie, ob ich etwas tun kann, damit der andere nicht auch noch stirbt.

Ihre Antwort kommt sofort. Ich solle mir bloß keine Sorgen machen. Die Vögel gingen dauernd ein, pro Saison kaufe sie wenigstens vier neue. Sie habe sich schon gewundert, dass diese zwei so lange lebten. Vietnam sei übrigens schön. Endlich habe sie ein Hotel gefunden, in dem sie bleiben wolle. Bis nachmittags gebe es Frühstück, keine Seele am Strand. Fast wie zu Hause.

Einmal fuhr ich mit Jonas in das Dorf, in dem ich aufgewachsen bin. Jemand hatte den Grabstein meiner Großeltern mit dem Vermerk »Achtung, Gefahr. Stein wackelt« oder so was versehen. Das geschah immer mal wieder. Entweder machten die das, damit die Steinmetze nicht pleitegingen, jetzt, wo sich alle Welt in Urnen oder in Ruheforsten bestatten ließ. Oder es lag daran, dass die Grabsteine meiner Familie schon so lange dort standen und eben mit der Zeit wacklig geworden waren. Ich erteilte einen Auftrag, und einen Monat später fuhr ich hin, um zu sehen, ob alles erledigt war.

Bereits am Dorfeingang waren viele Gartenzäune mit Wimpeln geschmückt. Hier und da wehte eine Fahne.

»Was ist denn hier los?«, fragte Jonas. Dann sahen wir ein Banner: *1000-Jahr-Feier*.

Ich war erst dagegen, aber er überredete mich: »Komm, das schauen wir uns an. Ich habe Hunger. Da gibt es garantiert Bratwurst.«

Wir parkten auf einer Wiese hinter dem Marktplatz, und Jonas hatte recht. Es gab einen Grill, eine Bühne, Buden. Menschen saßen an Tischen. Uniformierte Mitglieder des Spielmannszuges und der Feuerwehr liefen umher. Niemand störte sich daran, dass wir hier waren. Ich sah in die Gesichter der vielen Leute und wusste, mit dem einen oder anderen verband mich etwas. Doch ich hätte beim besten Willen nicht sagen können, mit wem oder was. Mal meinte ich jemanden zu kennen, aber mir fiel der Name nicht ein. Sicherheitshalber nickte ich den meisten freundlich zu. Es war ein bisschen wie früher.

Ein Mann in meinem Alter kam zu uns an den Grill. Er stellte sich als Sohn einer Freundin meiner Mutter vor und lud uns an seinen Tisch ein. Wir gingen mit. Jonas aß seine Currywurst, der Trachtenverein tanzte, der Gesangsverein sang, Reden wurden gehalten, und im Gespräch mit dem Mann und seiner Familie fielen mir nach und nach die Namen von Leuten ein, die ich seit meiner Kindheit nicht mehr gesehen hatte.

Was mich aber zutiefst erschreckte, war, wie er und seine Mutter mich ansahen. Sie betrachteten mich mit einem Wohlwollen und einer Zuneigung, als würden ihre Blicke sagen: Wir waren immer da. Für dich. Die ganze Zeit.

Diese Güte in ihrem Blick rührte und beschämte mich zugleich. Hatte ich etwa eine völlig falsche Erinnerung an meine Vergangenheit gehabt? Konnte man, so wie man blind war vor Liebe, blind sein vor Heimweh?

Jonas fehlt mir. Alle fehlen mir, immer. Das ist normal. Aber er fehlt mir *jetzt*. Wie er aufwacht. Als ich es zum ersten Mal bemerkte, dachte ich noch: »Oh.« Beim zweiten Mal stutzte ich erneut, und als ich dann wieder vor ihm wach wurde, blieb ich ganz ruhig liegen, schaute ihm beim Atmen zu. Ich wartete.

Und es geschah wieder. Er öffnete die Augen, sah mich und lächelte. Das war das Erste, was er tat. Ich glaube ihm dieses Lächeln.

»Soll ich was Warmes einpacken?«, fragt er per SMS. »Brauche ich Badezeug? Einen Anzug?«

»Was gegen Regen und Wind. Dicke Schuhe. Was Warmes«, schreibe ich ihm zurück. In Portugal ist es im Dezember windig und kalt. Das wissen die meisten Leute nicht. Es ist hell, aber kalt.

»Morgen kommt Ihr Mann?«, fragt Herr Higuchi am Abend vor dem Kaminfeuer.

»Ja«, nicke ich. »Ich habe ihn sehr vermisst, damit habe ich nicht gerechnet.«

»Meine Frau und ich waren noch keinen Tag getrennt«, sagt Herr Higuchi. »Seit vierundfünfzig Jahren sind wir zusammen.«

»Nicht einen Tag?«

Er schüttelt den Kopf. »Wir haben keine Kinder«, fügt er hinzu, als würde das etwas erklären.

»Ich bin froh, dass Jonas und ich zusammen Weihnachten feiern«, sage ich. »Obwohl ich nicht weiß, was wir unternehmen sollen.«

Herr Higuchi gießt erst mir, dann sich Tee ein und lächelt. »Kochen Sie doch was mit Liebe.«

Otto rennt voraus, und ich renne hinter ihm her zum Tor. Ich habe Energie für zehn. Wir laufen zur Steilküste. Otto schnüffelt an den Fettpflanzen, und dann bleibt die Zeit kurz stehen. So schön ist es. Golden geht von links die Sonne auf und wirft ihre Strahlen auf die Fata-Morgana-Küste, deren weiße Bauten schimmernd zurückleuchten. Das Meer ist ein zitternder Wackelpudding in Dunkelblau. Was für ein herrliches Licht. Was für ein Gold über dem Meer, dem Sand, den Pflanzen. Der Himmel ist wie abgepudert und das Meer so ruhig, als hätte man es abgestellt. Dieses Mal nehmen wir den linken Pfad, gehen an diesen Büschen vorbei, in denen man alle Jahreszeiten sieht, unten grüner Klee, darüber graue, vertrocknete, lappenhafte Blätter, dazwischen rote und grüne Sukkulenten, dann kommen die grauen, braunen, grünen Äste der Büsche, zwischendrin getrocknete graue Kiefernzweige aus dem letzten Jahr.

Der Wind fährt über mein Gesicht. Mir wird klar, dass ich schon eine ganze Weile hier stehe, während der Hund irgendwo im Sand herumwühlt und schnüffelt, und ich drehe mich um und denke: Da ist ein Busch. Und da ist das Meer, und da fliegt ein Vogel, und da ist ein Boot, und da sind die Wellen, und da ist der Wind, und ich stehe hier auf diesem Sand und bin einfach da.

Der Klang verändert sich, der Wind ist nun in meinem Nacken, die Böen wischen mir durchs Haar, öffnen meine Jacke. Otto hat offenbar gemerkt, dass etwas anders ist, und als würde er mir diese Sekunden schenken wollen oder es ebenfalls schön finden, setzt er sich auf seine Hinterläufe neben mich und guckt. Wartend. Bis es vorbei ist. Wenngleich keiner von uns wissen kann, was »es« bedeutet. Der Sand hat alle Farben. Greige, Beige, Braun. Ob ich hier stehe oder nicht. Mit labradorianischer Gemütsruhe sitzt Otto da. Dann ein Geräusch. Er wittert etwas. Zeit zu gehen.

Vor der Hotelterrasse wippen rote und orange Hibiskusblüten im Wind. Kleine Fruchtstände, die aussehen wie Miniweihnachtsbäumchen, recken sich aus dem Gebüsch empor. Der Horizont ist eine milchige Linie, unten Dunkelblau, oben ein Überlauf an Blau. Irgendwo in der Nähe liegt ein Hund, irgendwo piept ein Vogel, irgendwo da oben fliegt Jonas.

Hier sind sie nun, meine Beweise:

Das Leuchten am Morgen zwischen den Palmen und Orangenbäumen. Das feuchte Gras, die gestapelten Pflastersteine. Der flirrende Dunst vor der Fata-Morgana-Küste.

Das *Tak tak tak* der Zweitakterpumpe. Weiße Kittel, blaue Kittel. Der Geruch von Benzin.

Fußabdrücke, Löcher, Pfoten, Muscheln. Steine, Tang. Häuser, die im Licht der Straßenlaternen mit geschlossenen Augen auf den Frühling warten. Der mit der Taschenlampe hinter den Wolken.

Ein Knust in der Soße. Erbsenpulen mit Blick auf Luersens Kuhwiese. Der Geschmack von Kirschmost.

Fenster, die das Meerespanorama so reflektieren, dass man von jedem Platz aus denken möchte, die Welt ist unendlich. Die Plastikeule auf dem Dach, die im Orkan nur den Kopf zu schütteln weiß. Der schummrige Gang, Silberrücken, die Teller aus Emaille, die gewaltigen Pfannen.

Dicke Kabel, aufgerollt auf Trommeln. Wippende Stiefmütterchen im Beet unter der Shell-Muschel. Ein Paar braune Socken im Rippenmuster mit einer Ferse, wie ich sie bis heute nicht hinbekomme.

Die kurzen Tage voller Licht, die fast schwarzen Nächte. Der Spinnenalarm. Was das Meer erzählt.

Phasenprüfer, Zündkerzen, Keilriemen und der Duft von Mangelwäsche. Ausfahrten im K70. Der weite Blick auf hellgelbe Felder von Gerste, Weizen, Raps.

Die weichen Handtücher. Der fleckige Spiegel, der alles sieht. Die leere Zeit.

Eine karierte Decke, die etwas kratzt. Ein Lächeln hinter der Gardine. »Die oder keine.«

Der Hausstrand, auf dessen Felsen abends die Surfer auf den Steinen sitzen, stille Salzwasserbuddhas in Neopren. Sandsteinformationen, wie Torbogen einer verlassenen Stadt. Ein schwarzer Labrador, der jeden Morgen mit mir an die Steilküste läuft, tiefgründig schaut und schräg vor dem Sofa schläft, die Beine in der Luft.

Ein Ausflugsboot fährt von links nach rechts. Silbern wirft die Sonne ihren Glanzkorridor aufs Meer. Und hinter den Pinien, Palmen und Akazien rauscht die Gotteswaschmaschine.

»Federleicht und feinsinnig.«

Frankfurter Neue Presse

Mit dem Schiff von Grönland nach Alaska zu reisen, um die Arktis zu fotografieren: ein willkommener Auftrag für jemanden, den zu Hause nicht viel hält. Doch wie ist das, in den Weiten des Nordens, wo man sich nicht verstecken kann – weder vor den Mitreisenden noch vor sich selbst? Sarkastisch und warmherzig, zart und kraftvoll erzählt Arezu Weitholz davon, wie befreiend es ist, sich mit dem Unperfekten auszusöhnen.

»Weitholz beobachtet genau, aber nicht überheblich, schreibt manchmal lustig, oft traurig, nie larmoyant.«

Frankfurter Allgemeine Zeitung

Ausgezeichnet mit dem Hans-Fallada-Preis

Arezu Weitholz
Beinahe Alaska
192 Seiten, gebunden
mit Schutzumschlag und Lesebändchen
€ 20,– [D]
ISBN 978-3-86648-640-9